Kuki, Yousuke & Kyou
「青の疑惑」

「あっ、九鬼さん……」
いきなり一目会いたいと思っていた男の腕の中に包み込まれ、恭は自分の張り詰めた気持ちがその瞬間に崩れ落ちていくのを感じていた。
（本文P.107より）

Chara

青の疑惑

水原とほる

キャラ文庫

この作品はフィクションです。
実在の人物・団体・事件などにはいっさい関係ありません。

目次

口絵・本文イラスト／彩

◆◆

青山《あおやま》整体院は横浜《よこはま》の桜木町《さくらぎちょう》の駅から坂道を上った野毛《のげ》にある。

恭《きょう》がこの整体院を叔父からまかされるようになって二年。当の叔父はかねてより希望していた国際ボランティア活動に身を投じ、タイへ旅立ってしまった。

駅から少々遠くても、またベテラン整体師の叔父がいなくなっても、院の経営はそれなりに順調だ。叔父が院を開いた十三年前から今でも通ってくる老齢の患者もいるが、恭の代になって足繁く通うようになった患者も少なくない。

そのほとんどが伊勢佐木《いせざき》のクラブ勤めの女性達なのだが、それにはちょっとした口コミの理由があった。

そもそもは、渋いオヤジの色香を振りまいていた叔父を目当てに通っているクラブのお姉さんがいて、彼女が恭の存在を広めたのだ。

有り難いと言えば有り難いことだったが、残念ながらそれは整体師としての腕ではなくて、容姿についてだった。若くてそこそこ見栄えのいいのが入ったと聞いて、次々と出勤前のお姉さん達がやってきたが、そんな彼女達に叔父が笑顔でバラしたのは恭の性癖だった。

『こいつゲイだから』

よもや自分の人気を恭に奪われそうだったからというわけではないだろうが、あまりにも清々《すがすが》しくあっさりと言ってくれたのがかえってよかった。

それからは恭の容姿を見にくるというより、純粋に恭の腕を信用してきてくれる人が増えたからだ。また、女性の間では、ゲイならば妙な下心やいやらしげな気持ちで触れてくることもないという安心感も生まれたのだろう。

患者は増えても叔父がいなくなった今は一人で切り盛りしているので、予約制で細々やっていくしかない。

院の経営だけを考えればいくらでもおざなりに施術して、多くの患者をさばくことはできる。けれど、そんな真似をして院の評判を落としては叔父に申し訳がたたないし、そもそも金儲《かねもう》けだけが目的ならこの職業を選んでなかっただろう。

自分の腕を信頼して訪ねてきてくれる患者にはできるかぎりのことをしたいと思っているし、具合がよくなったという言葉を聞けば素直に嬉しい。

「センセー、近頃すっかり肩凝りがなくなってね、手足の先も冷えなくなったの。やっぱり血行がよくなったからかしらね」

長年頑固な冷え性で悩んでいた彼女も伊勢佐木で店を構えているママの一人だ。店の女の子の紹介で恭のところへ通うようになって半年。近頃では骨の歪《ゆが》みもかなり矯正されているし、本人もすこぶる体調がいいと言っている。

「店では高いヒールの靴で思っている以上に立ったり座ったりを繰り返しているでしょう。休みの日はできるだけ足を休めてあげてくださいね。でないと、また骨盤の歪みがひどくなってしまいますから」

そうアドバイスしてこれから出勤という彼女を見送り待合室をのぞけば、本日最後の患者が待ってましたとばかり施術室に入ってきた。

実は、増えた患者は伊勢佐木のクラブのお姉さん方だけでなく、ちょっと毛色の変わったのもいたりする。

「先生、腰、いつもみたいにぎゅっとやってくれよ。ぎゅっとな」

そう言いながら施術台の上にゴロンと横になったのは、屈強な三十代半ばの男。いつも整体院が閉まる直前の時間に予約を入れてくる。

「力を入れて押したからって治るもんじゃないですよ。九鬼《くき》さんの腰は案外厄介なんです」

恭は疲労が溜《た》まりまくっている彼の腰の状態を指先で確認しながら言う。

カルテの名前の欄には「九鬼尚道《なおみち》」とあり、職業欄には「県警一課刑事」とある。

恭がこの整体院を叔父からまかされる一年ほど前、近隣で暴力団関係の男が殺害される事件があり、ここにも聞き込みにきたのが九鬼との最初の出会いだった。

聞き込みは日を分けて三度ほどきたが、そのあとは個人的に腰痛の治療にやってくるようになった。

神奈川《かながわ》県警でも敏腕と有名らしいが、話していれば頭が切れることはすぐに気づいたし、体を触ればどれくらい鍛えられているかもよくわかった。ただ、少々型破りな捜査方法はたびたび問題になっているらしく、彼と組む刑事がいないとも言われている。

身なりを整えていれば結構伊達《だて》な男だが、持病が腰痛。でも、それはかなり口実くさいところもある。この男は恭がゲイであることを知っていて、院に通ってきては熱心に口説いてくる。気に入られていることは充分承知しているし、恭もまた九鬼という男のてらいのない感じは憎からず思っている。

でも、そんなに簡単に関係を作るつもりはない。それは九鬼にかぎらずだ。

恭は今年で二十九歳になる。この歳になるまでには正直苦い恋愛も経験してきた。

(苦いなんてもんじゃなかったけどな……)

思い出すたびに、今もってこの身が切り刻まれるような気さえする。それほどにまだ生々しく恭の心は血を流していた。

「この腰痛がますますひどくなったら、やっぱりセックスにも支障が出るだろ。それはマズイよな。先生もそう思うだろ?」

そんなことを恭に訊かれても知ったことじゃない。刑事のくせに、ニヤニヤと笑みを浮かべながらセクハラめいた発言をするのはいつものことだ。

「さぁ、どうですかね。九鬼さんの下半身の事情はあまり興味ないんですが、全身の筋肉疲労のほうは気をつけたほうがいいですね。鍛えているからと過信していると、ある日突然腕さえ上がらなくなりますよ」

「それこそマズイな。先生をおかずにマスもかけな……、ぐぁっ」

下品な冗談をみなまで言わせないために、力を込めて太股《ふともも》の柔らかい肉に親指を押しつけてやる。

その一撃で恭の不機嫌に気づいたように肩を竦《すく》めて黙り込む。一度口を閉じれば、九鬼はいつも数分もしないうちに眠りに落ちていく。

刑事という仕事柄、当然のように体を酷使している。院にくればいつも疲労しきっていて、しばらくは軽口をきいているくせに、普段は強面《こわもて》の男がまるで子どものようになって無防備に眠ってしまうのだ。

たくましい体を揉《も》みほぐしてやりながら、とことん脱力している様子を見ていると恭の中に優しい気持ちが芽生えてくる。

傷ついた者を癒《いや》したいという思いは幼少の頃から自分の中にはっきりとあった。成長するにつれて、そんな気持ちを将来の職業と繋《つな》げて考えるようになった。

だから、恭が目指したのは医学の道だった。本当なら、今頃はどこかの病院で勤務医として働いていただろう。だが、運命はある日突然狂ってしまったのだ。

疲労が蓄積していながらもなおきれいな九鬼の筋肉に触れながら、恭は微《かす》かに吐息を漏らす。あれから長い年月が過ぎたというのに、忘れきれていない。医学の道も、苦すぎた恋の結末も。

院の外にはすでに『本日は終了しました』の札を掛けていた。眠っている九鬼と自分だけしかいない施術室で、指先に神経を集中させながら静けさの中で苦悩に身悶《みもだ》えている自分がいる。

「なぁ、先生」

てっきり熟睡していると思った九鬼が、目を閉じたまま恭に呼びかけたので少し驚いた。だが、それを指先の動きで悟らせるような素人じゃない。

「起きてたんですか？　眠っていていいですよ。施術はあと二十分ほどありますから」

ここでは十五分の電気治療を受けてもらってから、恭が自らの手で整体を施す。けれど、九鬼はいつもその日最後の患者なので、次の順番待ちの人を気にすることなく、少しばかり余分に時間をかけて揉みほぐしてやっている。

「ああ。すごく気持ちいい。ずっと先生の手でこうしていてもらいたいって思うんだよな」

大きな体をして甘えたことを言う九鬼に、恭は呆《あき》れたように微かな笑みを漏らす。

「そんなことしていたら、俺の腕がいかれちまって、商売ができなくなりますよ」

「そうか。そうなったら、俺の専属になってくれたらいい。力一杯揉んでくれなくてもいいんだ。優しく髪を撫《な》でたり、体をさすったりしてくれりゃそれでいい。何か悩み事があるのかもしれないが、BGM代わりにそんなことでも話しながらでいいんだけどな」

眠っているとばかり思っていた男に指先から心を見透かされたような気がして、恭は笑みを呑《の》み込む。

本当に油断のならない男だ。どんなに無骨なふりをしていても、意外なところで鋭さを垣間《かいま》みせる。それが九鬼との関係を警戒させているのだが、当の本人はそんなこととは知らず、ときおり恭の引いている境界線を越えてこようとする。

「あいにくですが、九鬼さんの期待には応えられませんよ。叔父からあずかっている院を潰《つぶ》すわけにはいきませんからね。それに、俺の悩み事なんて聞いても退屈でBGM代わりにもなりませんよ」

恭の言葉を聞いて、九鬼は気怠《けだる》い声で「そうなのか?」と訊いた。

自分の過去を話す相手など、この先一生現れないと思っている。それは、思い出したら辛《つら》いという理由だけじゃない。

自分にとっては人生を変えてしまうほど大きな出来事であっても、他人から見ればただちょっと不幸と不運が重なっただけの、ありきたりな出来事にすぎなかったりするものなのだ。上辺の同情などかけられるのは本意ではないし、ならば一生この口を閉ざしていればいいだけだ。

「じゃ、仰向けになってもらえますか」

体にかけてやっていたタオルを取って九鬼に言うと、百八十と数センチはある巨体がゆっくりと上を向く。

「首をもっと楽にして」

九鬼の首筋のツボを押しては、縮み上がった筋を丁寧に伸ばしてやる。気持ちよさそうに天井を向いて目を閉じている九鬼が言った。

「そうだ、先生。今度一緒にメシ喰いにいこう。聞き込みの途中にいい店を見つけたんだ。カウンターで出す懐石なんだが、イタリアでも修業してたっていうシェフがいい仕事をしている。酒も棚に並ぶ銘柄を見たところ、なかなかの品揃《しなぞろ》えだ」

「聞き込みの最中に何を呑気《のんき》なことをやっているんですか」

呆れる恭に対して、九鬼は開き直ってみせる。

「それくらいしなきゃ、先生をデートに誘う店を探す暇もないんだよ」

「そんなもの、真剣に探さなくていいですよ。こっちも九鬼さんと出かけている暇もないくらい忙しいですから」

「またそういう憎まれ口をきく」

気持ちよさそうに目を閉じたまま、吐息を漏らしながら言われてしまう。でも、これは憎まれ口じゃなくて、一応この院にとっての得意客に対する気遣いを込めた遠回しのお断りだ。

「なぁ、先生、その眼鏡《めがね》、伊達だろ。きれいな顔をひやかされるのがいやでわざとかけてんじゃないのか？　髪だって前髪を長めにしているし、どうも俺には納得いかないね。どうして自分の持っているいいもんを隠しておこうとするんだ。俺だったら精々自慢して歩くけどな」

そうして、また恭の気にしていることをなにげなくつついてくる。恭はいったん施術の手を止め、横に流した前髪を耳にかけてから言った。

「眼鏡は伊達じゃありませんよ。生まれつき弱視なんです。特に左目がね。それに、自慢して歩くほどの顔の造りでもありませんから」

細面で男としては繊細な顔の造りをしていると過去の男に言われた。自分でも好きだった細い鼻梁《びりょう》や切れ長の目や薄い唇も、今では妙に不運を背負った人相のような気がしていてあまり好きではない。

眼鏡は本当に伊達ではないが、生まれつきの弱視というのは嘘だ。視力は受験勉強で酷使してきたにもかかわらずずっとよかった。

眼鏡が必要なほど左目の視力だけが極端に落ちたのには理由があるが、それもまた過去の恋愛と一緒で人に言うつもりはないことだ。

「まぁ、いいけど。俺は先生がその美貌《びぼう》を隠してくれているほうが、他の虫が寄ってこないんでおっ払う手間がはぶけて助かるんだ。で、食事はいつにする?」

懲りもせず九鬼がたずねてきたところで、彼の携帯電話が鳴った。

「ほら、俺を食事に誘っている場合じゃないですよ。緊急の呼び出しじゃないんですか?」

体にかけていたタオルを取ってやると、九鬼は舌打ちをしながらも飛び起きて携帯電話に手を伸ばす。

「ああ、俺だ。何っ? わかった。すぐ行く」

やっぱり事件らしい。こんなことはここで施術をするようになってから一度や二度じゃない。とにかく、年がら年中事件に追われている男なのだ。これで、恭を食事に誘おうというのだから正直呆れる。

これなら、警戒してあれこれ理由をつけながら断らなくても、約束だけして放っておけば九鬼のほうから詫《わ》びながらキャンセルの電話を入れてくるのかもしれない。

「右の鎖骨、一度折っているでしょう。自分でも気づかないうちに庇《かば》っているから左の首筋ばかりが凝るんですよ。せいぜい無理をしすぎないようにしてくださいね」

九鬼は急いでスーツのジャケットを羽織ったかと思うと、恭との二人きりの時間を名残惜しむように手を伸ばしてくる。

「俺の体を心配してくれんだな。先生、やっぱり俺のこと好きだろ？」

図々しいことを言いながら腰に手を伸ばし恭の体を抱き締めようとしたので、手にしていたタオルをくるっと九鬼の手首に巻きつけてやる。

自分の膝を折ってしゃがみ込む格好でそれを軽く引いてやるだけで、九鬼はバランスを失って前のめりに倒れそうになる。

相手が行きずりのチンピラならここで関節技をかけて身動きができないようにしてやるところだ。だが、わざと手加減してくれている九鬼相手にそこまでする必要はない。

「合気道の達人だかなんだか知らないが、世の中は俺みたいに人のいい奴ばかりじゃないぞ」

「もちろんですよ。そのときは遠慮なく叩《たた》きのめします。でも、九鬼さんは腐っても青山整体院の大切な患者ですからね。ここの患者の体のことはもれなく心配しているんです」

特別好きとか嫌いの感情などないのだというつもりで笑顔を浮かべる。だが、九鬼は笑わなかった。

「先生、冗談じゃないんだ。近頃この界隈《かいわい》で通り魔事件が数件起こっている。犯人はいずれもホームレスの男ですぐに捕まっちゃいるが、どうも腑《ふ》に落ちないことがある」

そう言った九鬼の表情が硬い。恭を口説いているときの顔ではなく、刑事としての第六感を懸命に働かせているときの顔つきだ。

そして、その事件のことなら恭も知っている。新聞やニュースでも話題になっているし、この院からほど遠くない場所で起こっている事件なので、待合室でも話題の中心になっている。

「今の連絡もその関連ですか?」

刑事の九鬼が素人の恭にそんなことを話せるはずがない。わかってはいるが、つい訊いてしまう。

九鬼は少し考えてから言葉を選びながらも、恭にきっちりと注意を促す。それが刑事でありながら、知人である恭にできる精一杯のことだからだ。

「いいか、先生。薬でイカれた野郎は、俺みたいに真っ正面からかかってこないんだからな」

「つまり、通り魔事件には薬が絡んでいるという意味ですか?」

思いついたままを口にした恭に対して、やはり九鬼は答えなかった。

確かに事件は続いているようだが、小学校の頃から習っていた合気道は段持ちだ。それに、

今起きている通り魔事件に恭が巻き込まれる確率などかぎりなく低いと思う。

「大丈夫です。院と自宅を往復しているだけの生活ですから、事件に巻き込まれるようなことはありませんよ」

九鬼が心配してくれているのはわかっているから、恭は微笑《ほほえ》んでそう言った。

「そうだな。じゃ、またくる」

恭の笑顔を見て九鬼も安心したのか、急に照れくさそうな顔でそれだけ言い残すと院を出ていこうとした。が、いきなり振り返ると、見送りの恭の二の腕をつかみあっという間に唇を重ねてくる。

「んっ……っ」

塞《ふさ》がれた唇が九鬼の舌先で割られそうになり、恭は慌てて彼の体を突き放す。

「何をやっているんですかっ」

「油断していると、こういうことになるんだ。せいぜい気をつけろよ」

呆れたように怒鳴る恭に対して、九鬼はいけしゃあしゃあと言い放つ。

こんなふうに唇を奪われるのは今回が初めてじゃないが、ふいを突かれるたびに悔しさに歯《は》嚙《が》みをさせられている。

それは嫌悪とか不愉快だからとかじゃなくて、彼の唇が思いのほか心地いいことを知っているからだ。

院を出ていく九鬼を見送った恭は、待合室のロールカーテンを下ろしながら微かな吐息を漏らす。

事件の内容を語るわけにはいかないだろうが、かぎられた言葉から彼が関わっている事件を想像することは可能だ。そして、薬物絡みだとしたら、一般人の恭よりも理性を失った犯人と現場で対峙《たいじ》する九鬼のほうがよっぽど心配だ。

（気をつけるのはあなたのほうですよ、九鬼さん……）

心の中で呟《つぶや》いた恭の言葉を九鬼は知らない。

こちらが拒んでいるかぎり強気に出てくるくせに、ちょっと引いてみせただけで柄にもなく気恥ずかしそうな顔をしたりする。

イケているのかむさ苦しいのか微妙な見た目と同じで、心もまた大胆なのか純情なのか本当によくわからない男だ。

ただ、過去の傷に未だ怯《おび》える恭であっても、九鬼は憎めない男には違いない。なぜなら、彼は恭を傷つけたりはしない。人を守る刑事という職業だからではなくて、彼という人間がとても優しいものでできているとわかるから。

よく話す患者もいれば、無口な患者もいる。けれど、何年も人の体に触れていると、そこから感じとるものも確かにあるのだ。

九鬼は優しくて大きな男だ。だからといって、この気持ちが特別な気持ちになるとは今はまだ思えなかった。

◆◆

院の診察時間は朝の十時から昼の二時間の休憩を挟んで夜の七時まで。

だが、七時に閉めてもまだ雑務が残っている。カルテの整理や事務仕事を終えてから施術室の片づけを済ませて院を出る。

時刻は夜の九時前。事件の連絡を受けた九鬼は恭にくれぐれも注意をするように言い残していったが、同じ夜に二度までも通り魔が出ることもないだろう。

恭は野毛の坂道を下る途中で、桜木町の駅へ向かう道を反対に歩く。

公園や動物園へと続く道はこの時間にはほとんど人通りもない。都会からさほど離れているわけでもないのに、電車の駅から距離があるというだけで近辺はあまりにも静かなものだった。

そんな道にも、ぽつりぽつりとネオンが灯っているのは、戦前から続いているクラブやバーが残っているからだ。そんな中に、比較的新しい店が一軒ある。

「ウィステリア」というアイロンワークの看板が一つぶら下がる店の扉を押せば、中は今夜もガランとして客は一人もいない。

「今夜はくると思って開けてたんだ。俺ってカンがいいだろ」

カウンターの中から人懐っこい笑みを浮かべて声をかけてきたのは、藤森陽介《ふじもりようすけ》というこの店のオーナーだ。

恭より三つ年上で今年三十二になる彼は、一言でいうなら一筋縄ではいかない男だ。九鬼もかなりの曲者《くせもの》だが、あらゆる面でその対極にいるのがこの男なのだ。

彼がここで店を開いたのは今から三年ほど前のこと。「ウィステリア」という店名の由来はもちろん藤森の「藤」であり、今思い出せば陽介と恭が知り合ったのもちょうど藤の花が咲く頃だった。

当時はまだ叔父が青山整体院を切り盛りしていて、資格を取った恭が院を手伝うようになって数年がたっていた。医学の道を諦《あきら》めて整体師となってからというもの、叔父のそばで毎日忙しく過ごしていたが、当時の恭の心の中には今以上に大きな空洞があった。

昼間は笑顔で仕事をしていても、夜になって院を出ると胸をかきむしられるような思いに駆られ、ついどこかで飲んでから帰宅するという日々が続いていた。

　そんなある夜のこと、飲んだ帰り道で恭が数人のチンピラに絡まれたとき、たまたま近くを通りかかり助けに入ってきたのが陽介だった。

　合気道の段持ちの恭にしてみればよけいなお世話だったが、少々酔っていたし、視力のたよりない左目のせいで夜目はききにくい。やりたいなら勝手にやればいいとその場を陽介にまかせておいたら、彼は張り切って姫を守るナイトのようにチンピラどもを追い払ってしまった。

　それ以来のつき合いだが、親しいだけの仲というわけでもない。

「陽介さん、もう少し真面目に店をやったほうがいいですよ。組長から戻ってこいって言われたくなければね」

「冗談じゃない。三十五まで自由にさせてくれって言ってあるんだ。それまでは人生丸ごと全部俺のもんなんだよ。何をしていようと、俺の勝手だ」

　こじゃれた店を構えながらまったく商売をする気がないのは、儲ける必要がないからだ。

　この男、将来は横浜から静岡《しずおか》までを縄張りとしておさめる指定暴力団、南関東銀憂会《ぎんゆう》藤森組の三代目を継ぐ予定だが、現組長が元気なのをいいことに大学を出てからというもの、ずっと好き勝手をしている。

　将来は縛られる身なんだからとわがままを通しているが、それでも組の若い舎弟からはすでに厚い信頼を集めているし、年輩の者からはそろそろ襲名を考えてきちんと組に戻ってほしいとせっつかれているらしい。

跡取りといっても、暴力団の組長の座を襲名するというよりは歌舞伎役者の名前を襲名するといったほうがしっくりくるような美丈夫は、わざと軽い口調ではすっぱな言い回しをしたがる。

「仁義だ任侠《にんきょう》だのと、暑苦しい業界はいやだねぇ。こうしてのんびりバーでもやって、好きな男を待っているほうが粋な人生じゃないか」

背景に背負っているものが重すぎて、それを自分自身で笑い飛ばしたいのかもしれない。だが、そんな心情をくんで会話をするほど自分達が柔な関係だとは思っていない。

「陽介さんはそのつもりでも、世間はそう見てくれないってこともありますよ。こうまで売り上げがないと、あからさまな組の税金対策だと思われるんじゃないですか？　それでなくも藤森は経済ヤクザとして名を馳《は》せているんだから」

陽介のほうが年上なので、一応「です・ます」口調で話してはいるものの、内容は遠慮などなく、かなりあからさまだ。

これは、相手がヤクザの跡取りであっても恐れていないというアピールなんかじゃない。そもそもチンピラから勝手に助けてくれたあのときに、二人の間にはちょっとした因縁が生まれていたのだ。

チンピラを追い払ったあと、名乗ることもなく去っていけばまだ印象もよかっただろう。ところが、陽介は雑魚《ざこ》を追い払うと、あろうことか今度は自ら恭を口説いてきたのだ。

一杯つき合ってくれと言われ、見知らぬ男と飲む気はないと断っても「一目惚《ぼ》れだ」としつこく迫ってくる。図々しいというより、もはや傲慢《ごうまん》というほうが合っている態度だった。

もちろん、そんな趣味はないと突っぱねてやったが、それで引き下がるような男じゃなかった。恭の顔をジロジロと見てから陽介が言った一言は、酔った恭が冷静さを失うには充分だった。

『そんな趣味がないだって？　嘘つけ。同じ匂《にお》いがしてるぜ』

ゲイであることについては自らふれて回る気はないが、隠しているつもりもない。ただ、こんな形で見破られるのはあまり気持ちがいいものではない。

途端に不機嫌になった恭は、肩にかかっていた手を強引に寄せられたので思わず合気道の技をかけてしまった。

一見華奢《きゃしゃ》な恭の見た目にだまされて油断をしていたのだろう。簡単にすっ飛んだ陽介は派手に地面に倒れ込み、その拍子にそばにあった溝に片足を落とし、足首を捻挫《ねんざ》してしまったのだ。

事情はどうあれ整体師でありながら人に怪我《けが》を負わせたことに気が引けた恭は、自分の勤務先である青山整体院のカードを渡し、ここへくればきちんと治療するからと言っておいた。

ところが、翌日になってやってきたのは陽介ではなく、昨夜のチンピラ以上にタチの悪そうなヤクザ者数名だった。

その連中が『うちの坊ちゃんに怪我させやがって、ただですむと思うなよ』と凄《すご》んだとき、ようやく陽介の正体を知った恭だったが、だからといってどうってこともない。

こんな事態にも別段慌てることもない叔父が事情をたずねたので、恭は昨夜の出来事を彼らにもかいつまんで話した。それでもいきり立ったヤクザ者はにわかに引っ込みがつかないのか、さらに凄もうとしたところで足を引きずりながら陽介がやってきたというわけだ。

足の怪我は無理に恭を誘った自分のせいであり、こんなことくらいで舎弟にしゃしゃり出られたら立場がなくなるだろうと叱《しか》り飛ばし組の者を叩き出すと、恭と叔父に対して迷惑をかけて申し訳ないと頭を下げた。

その潔さには感心したし、怪我をさせたのは間違いなく自分の責任だと思っていたから、それから数週間というもの陽介の足首が完治するまではきちんと面倒をみてやった。

そんな形で始まった陽介とのつき合いだが、彼が気まぐれに店を開いてからは恭のほうが常連客として飲みにきてやっている。

「いつものでいいか？」

恭が答える前に陽介はカウンターの中でグラスとミントの葉とバーボンを用意している。ミント・ジュレップは確かにお気に入りのカクテルだが、秋も日に日に深まっていくこの時期には少々軽すぎる。

だが、せっかく陽介が作りかけているのに、止めるのははばかられたのであえて何も言わずにぼんやりと店の中を見渡していた。

いつ開けていつ閉めるかも陽介の気分次第という店だから、客を見かけることは少ないものの、ときには通りすがりの一人客や、カップルが片隅のテーブル席に座っていたりする。

居抜きで始めた店だが、カウンターの重厚な一枚板といい、壁や天井のしっかりとした造りなど、前のオーナーはなかなかいい趣味をしていたらしい。

店全体が落ち着いたブラウンで統一されていて、陽介も古い絵を写真に掛け替えたくらいでそのまま営業していた。この雰囲気が恭にとっても安らげるのは確かだった。

「疲れた顔をしているな。働きすぎじゃねぇの？　どうせ預かっているだけの整体院だろ。適当にやっとけよ」

「叔父の信頼を裏切るような真似はできませんよ。叔父が戻ってきたあかつきには、元のままで明け渡すつもりなんですから」

「どんだけ律儀なんだよ。せっかく信頼して預けてくれたんだから、いっそ遠慮なく名義変更して乗っ取っちまえ」

ロンググラスに出来上がったミント・ジュレップを受け取り恭は苦笑を漏らす。世間の人とは違う苦労をたっぷり両肩に背負っているとはいえ、陽介にはときどき一般人との極端なズレを感じる。

けれど、そんな陽介のズレたところが実は恭にとっては心地いい。恭には自分もどこか世間からはみ出してしまった人間だという思いがあるから、陽介のそばにいるときはありのままでいられるような気がする。

それに比べて九鬼という男はどんなにアウトサイダーを気取っていても、真っ直ぐな生き様が周囲の人間にちゃんと伝わってくる。自分の生き方に恥じることなく堂々と振る舞う彼の姿が、恭にはときには羨《うらや》ましくもあり、ときには眩《まぶ》しく感じられるのだ。

そんな彼らの対照的な魅力は認めているものの、どちらも恭にとって未だ友人以外の何者でもない。

陽介は最初に出会ったときからそうだったように、今でも臆面もなく恭を口説いてくる。他に遊ぶ相手に苦労するような容姿ではないどころか、むしろ優しい言葉の一つも耳元で囁《ささや》かれれば気持ちよくついていきたくなるような美貌の持ち主だ。そういう意味でも、ダンディと強面が入り混じった九鬼とは対極にいて、やや甘さを含んだ正統派のいい男だった。

陽介が恋愛するのにあえてネックになることがあるとしたら、それは組の跡取りということくらいだろう。それも、結婚を考えないかぎり黙っていればどうってことはないし、まして恭にいたっては知ったところでどうとも思っていない。

ただし、人間不信気味である自分が心を許せる数少ない相手であることは間違いなくても、恋愛関係になるとやはり二の足を踏んでしまう。それは九鬼に対する気持ちと同じだ。

今夜もまるで恭のためだけに開けているような店で、陽介は自分もバーボンのグラスを手にしながらカウンターの中から出てくる。

「で、あのいけ好かないオヤジは相変わらず院に顔を出してんのか？」

恭の隣に座った陽介がカウンターに片手で頬杖《ほおづえ》をつきながら訊いてくる。

「オヤジって誰ですか？」

知っているが、わざとそんなふうに訊き返すのもいつものやりとりだ。

「九鬼のオヤジだよ。あのスケベ野郎、相変わらず恭を口説きに足繁く院に通ってんだろ？いい歳しやがって、おまけに刑事のくせに油断も隙《すき》もありゃしねぇ」

むしろ刑事だから油断も隙もないのだと思うが、陽介にはそんな理屈を言ってもしょうがない。

「いい歳といっても、あの人まだ三十六ですよ。陽介さんとたいしてかわらない。それに、俺

を口説きにきているわけじゃなくて、あくまでも腰の治療です」

「嘘つけ。どうせおとなしく施術台に横になっているわけじゃないだろ。絶対になんかセクハラしてるはずだ。なぁ、食事に誘われたり、腰を抱かれたりしてないか？　あいつの前でぼんやりしていて、キスされたりとかしてねぇだろうな？」

まったくそのとおりのことをされているが、恭はあえて笑って受け流す。

同じように恭を口説いている相手である九鬼のことを目の仇《かたき》にしている陽介だが、恋敵であるというだけでなく、暴力団と刑事という関係もまた相容れないものがある。

気に入らないなら勝手に潰し合えばいいものを、そうするにはそれぞれにとって厄介な存在であり、一筋縄でいかないのはお互い様なのだ。

横浜を牛耳《ぎゅうじ》る藤森組の名実兼ね備えた跡取りと、悪名は高いが敏腕の県警刑事。まるでハブとマングースの争いのようなもので、自分自身がどちらかへと大きく傾くことのない今、恭は二人の気持ちの間でぼんやりと立ち竦んでいるだけだ。

恋に溺《おぼ》れる勇気がないのは、自分に意気地がないからだとわかっている。けれど、ふさがらない傷を持ちながら思うのは、あの痛みを繰り返したくないということだけだ。

こんな気持ちはきっと誰にもわからない。わかってくれとも思わない。

「それより、ちょっと訊きたいことがあるんです」

恭はミント・ジュレップのグラスを傾けながら陽介に視線を流す。陽介はその視線を受けとめながら、顎《あご》を持ち上げて恭の質問を促した。

「この界隈で薬を扱っている組というのはあるんですか？　つまりそれを素人にさばいている連中がいるかってことなんですけどね」

「なんでそんなことを知りたいんだ？」

そうたずねた陽介の声色は今までと完全に違っている。これが彼の本性だ。だが、それで怯《ひる》む恭じゃない。

「近頃の通り魔事件のことは知ってますよね。いずれもホームレスの男が捕まっているという例の事件です」

「それと薬がどういう関係だ？」

「べつに、深い意味はないです。ただ、ちょっと薬が関係しているんじゃないかと……」

勝手に解釈した九鬼の言葉を陽介に話すつもりはなかったが、ここにいるとどうも自分の気持ちは弛《ゆる》みがちになる。

九鬼と陽介はそれぞれ対極の環境にいるとはいえ、入ってくる情報は共通したものが多いはずだ。だから、両方から裏を取って恭自身が納得したいという、いわば身勝手な思いから出た質問だった。

「薬のことなら、何も知らないとしらばっくれるつもりもないけどな。ただし、いくら恭とはいえタダで情報をくれてやるほどお人好しだと思うなよな」

「何が望みですか？　こんな流行《はや》らない店に定期的に飲みにきてあげているじゃないですか。税金対策のサクラとしては上等でしょう？」

「偉そうな口きいていると、押し倒して泣きが入るまでやりまくるぞ」

美貌に柔らかな笑みを浮かべながら、とんでもないことを言う。

「やってみればどうですか？　言っておきますけど、俺は少々のことでは泣きなど入りませんよ」

「じゃ、押し倒さないから、一回やらせてくれよ。ハマの薬関係なら県警がつかんでない情報まで教えてやるぜ」

「だったら、結構です。べつにそこまで知りたいわけじゃないですから」

あっさり引き下がると、陽介はいきなり弱腰になって恭の膝頭を撫でてくる。陽介が本気になれば、いつだって言葉どおり恭を押し倒すこともできるくせに、絶対にしない。

それをわかっていて言っている自分も狡《ずる》いと思うが、これが二人の間のいつもの駆け引きでもある。こんな関係を楽しんでいないとは、けっして言えない二人なのだ。

「じゃ、キスでいい。なぁ、キスさせてくれよ」

媚《こ》びた顔で言う色男は、照れたときの九鬼と同じように可愛い。だから、恭は微かに頬を弛め、グラスを置いたその手で眼鏡を取った。

「ただし、舌を入れたら二度とこの店にはきませんよ」

チッと小さく舌打ちした陽介の唇が重なってくる。これくらいはなんでもない。もう三十路の声を聞こうとしている男なんだから、これくらいで狼狽《うろた》えるほうがみっともない。

恭は眉一つ動かさないまま陽介の唇を受けとめていた。嫌悪はない。むしろ安堵《あんど》がある。この男は九鬼とは違う優しさで自分を包み込んでくれる。

唇の弾力や温かさを感じていても、触れるだけの口づけは案外つまらないもので、長く重ねていようとは思えなかった。だが、陽介はそれでもたっぷりと時間をかけて恭の唇を味わうと、やがて名残惜しそうに自らの唇で恭の唇を何度も啄《つい》ばむようにしてから離す。

眼鏡を取ったぼやけた視界で追いながら思う。家系とはいえこの心優しい男は血腥《ちなまぐさ》い世界で生きていく覚悟を、どれほどの意志の強さで決めたのだろう。

「薬関係はたいていの組では御法度だ。もちろん、藤森でもそうだ」

薬のことにかぎらず、銃器密輸だろうが、違法アダルトビデオだろうが、暴力団が絡んでいそうな犯罪で陽介が知らないことはほとんどない。むしろ九鬼に訊くよりはよっぽど詳しいリアルタイムの情報が手に入る。

そんな陽介がこの横浜では表向き薬に絡んでいる組織はないという。薬はリスクが大きいばかりで、近頃は昔ほど金にならないというのが一番の理由だった。

暴力団対策法の改定と、麻薬取り締まりの強化がそれなりの効果を上げているということだろう。だからといって、それで組織の体力が弱るような組に将来はない。

藤森のように表向きは一般企業として活動している組は、時代に合わせて臨機応変に生き延びる術《すべ》を見つけてきている。

「組織で薬を扱っているのは、むしろ地方だろう。都内や横浜あたりじゃ、チームと呼ばれているどこにも所属していないチンピラ集団が扱っている。組織の縛りに辛抱できないはみ出し者ばかりの集団だよ。後ろ盾がない分、怖いもの知らずで手段を選ばず金になることには手を伸ばすからな」

今のハマにおける薬の流通状況を簡単に説明した陽介に、恭はさらに質問を続ける。

「そういう連中を組や警察は野放しにしているんですか?」

「野放しっていうか、雑魚どもは相手にしてねぇんだよ。さばいてる数がしれているし、そんなもんいちいち検挙したりシメたりしてたら警察も組も手が足りないだろうが」

それはもっともだ。恭はしばらく九鬼の言葉を思い出し、今度の通り魔事件との関連を考えてみるが、あまりにも情報が少なすぎてどうしようもなかった。

「なぁ、何を考えてんのか知らねぇけど、これだけは言っておく。素人がこっちの世界のことに首を突っ込むんじゃねぇ。九鬼の旦那もそうだが、俺らの世界もいざとなりゃ手加減なしの命《タマ》の取り合いだ。そうなりゃ飛び込んできたのがたとえ恭だとしても、素人を庇ってやる余裕はないからな」

九鬼とはまた言葉は違うけれど、この身を案じられてしまった。

いつものヘラヘラとした優男の様相ではなく、こんなときはきっちりとその筋の人間の顔を見せる。やっぱりヤクザ者だと思わせるだけの危険なオーラを放っているが、恭はそれに臆することなく肩を竦めてみせる。

「俺は臆病者なんですよ。危険な場所は遠回りしてでも避けて通るような人間ですから」

恭自身は何も知らないし、何にも首を突っ込むつもりもないというのに、ちょっと気になっていることを口にしただけで二人の男から無駄なくらい心配されているのはむしろ不本意だ。

「でも、そうやって危険なことを避けていくなら、そもそも陽介さんとつき合っていること自体がマズイですよね」

「俺は素人に手を出すような腐れ外道じゃねぇから」

そう言った陽介がいつもの笑顔に戻ったところで、店の扉が開いた。こんな店でもやっぱり看板を出しているかぎりやってくる客はいる。

恭は飲み干したミント・ジュレップの代金をカウンターに置いて席を立つ。やってきた客を放っておいて店の外まで出てきた陽介に見送られ、その日も帰宅の途についた。

秋の夜空には湯がいた栗の実のようにほっくりとした黄色い月が浮かんでいる。

九鬼と陽介、二人の奇妙な男に囲まれている自分は近頃苦い過去を思い出すことが少なくなっていた。時間はどんなに傷ついた心も癒してくれるということだろうか。あるいは、九鬼や陽介の存在に振り回されていることがかえってよかったのだろうか。

このままいけばいつかは何もかも許し、忘れ、過去から解放される日がくるのかもしれない。

(本当にそうだったらいいのに……)

胸の中で呟きながら夜空を見上げれば、夜目のききにくい左の目にも月の横で瞬く星が映っていた。

◆◆

危険なことからは遠回りをしてでも避けていると言った恭だったが、危険は自分の足元に落ちていたため、不本意ながらそのそばを通り過ぎることとなってしまった。

九鬼が施術の最中に受けた電話で院を飛び出し、陽介の店で今年最後のミント・ジュレップを飲んだ二日後のことだった。

前日の夜、寝付きが悪く翌朝も早く目覚めてしまった恭は、寝不足の頭を抱えながら早朝に院へと向かった。

自分の部屋であれこれ考えて眠れないときは、夜中でも院に行き施術台で横になることがある。すると、不思議なことによく眠れる。

施術台は柔らかくはなく、幅も狭く、心地よいベッドじゃない。それでもここは自分にとってとても安心できる場所で、ここにいるかぎり何も心配することはないんだと言い聞かせる。そうすると、恭はしばし心の中の不安から解放されて深い眠りを得ることができるのだ。

最寄駅について歩きながら携帯電話で時刻を確認すれば、まだ六時前。院の界隈は静まりかえっていて、ほとんど人影もない。

そんな道の途中、まだ消えていない外灯の下に横たわる人の姿が見えた。酔っぱらいが倒れているのかと思ったが、近くまできてすぐに奇妙なことに気がついた。

身なりから察するにホームレスらしい男は胸をかきむしるような格好で横向きに倒れていて、すでに息はしていないようだった。また、不自然な指の固まり方からして、死後硬直も始まりつつあるのが見てとれた。

残念だが、この状態ではもはや恭にできることはない。

念のため鼻と口の前に手をかざし完全に呼吸が止まっていることを確認してから、恭は携帯電話で一一九番に連絡を入れようとした。

パッと見ただけでは死因はわからないが、外傷はなさそうだった。病死か、あるいは他に要因があるとしたらなんだろう。

そのとき、なぜかふっと甘い匂いが恭の鼻を掠《かす》め、男の口の端からこぼれたらしい白い泡状のものが地面を濡《ぬ》らしているのに気がついた。泡を噴いて絶命しているということは、何かの中毒の可能性もあるかもしれない。

いずれにしても、変死として警察の厄介になることは間違いないだろう。

ならば、ここで自ら警察に連絡してもいいのかもしれないが、面倒は避けたいという一心で搬送された病院にすべてをまかせておくことにした。

これから、診療が始まるまでの時間は恭にとって貴重な睡眠時間なのだ。必要があるなら、勝手に警察が自分のところへ事情を聞きにくればいい。

やってきた救急隊員に、男を見つけたときの状況を簡単に説明し、自分の身元を証明するものとして青山整体院のカードを渡しておいた。

少しずつ野次馬も集まり出した中、恭は救急車を見送ってからすぐ先の院へと向かう。朝っぱらから物騒な騒ぎだが、ホームレスの行き倒れというのがなんとも気になる。

ここのところ起きている通り魔事件と関係があるんだろうか。だとしたら、九鬼が恭のところへ事情をたずねにやってくることになるだろう。

九鬼や陽介にはさんざん気をつけろと注意されていたが、よもや自分の院の目と鼻の先で死体が転がっているなんて思いもしなかった。だが、これぱっかりは不可抗力で、自分の不注意というわけじゃない。

恭が溜息《ためいき》とともに院のシャッターを開けたとき、前のタイル敷きのところに煙草《たばこ》のパッケージが落ちているのに気づき、すぐ横の溝に転がっていたビールの空き缶とともに拾い上げる。

診療を始める前とあとには必ず玄関先の掃除をするのだが、夜中のうちにゴミを捨てていく者もいる。とりあえず今は目につくゴミだけを手にして院に入ると、それらを事務所のデスク下のゴミ箱に投げ入れて、施術室のベッドにゴロンと横になった。

診療前の準備の時間まで二時間ばかり眠れる。遺体を見たあととはいえ、睡魔はすぐにやってくる。九鬼のように人の死に慣れているわけじゃないが、まったく免疫がないわけでもない。

今となってはあまりにも遠い記憶だが、医大生のときは解剖の実習もおこなっていたので、検体と思えばそれほどの動揺もなかった。

横になって数分もしないうちに眠りに落ちた恭だが、その日は浅い眠りの中で短い夢をいくつも見て、九時前に目を覚ましたときにはいつになくぐったりとした気分だった。

いつもなら短い時間であってもここで熟睡して、すっきり目覚めるところなのに、やはり朝一の遺体発見が精神的にこたえているんだろうか。だとしたら、意外にも繊細な自分に驚いてしまう。

細切れの睡眠にかえって疲れてしまった恭は、施術台から起き上がると診療前の準備を始める。まだ三十分くらいは眠っていられるが、この調子ならいっそ起きて何かやっているほうがまだいい。

カルテの整理や待合室の片づけ、玄関周りの掃除を簡単にすませたところで、朝食代わりのコーヒーとクラッカーを用意する。この数年、いつも院の事務所で新聞に目を通しながら食べるお決まりのメニューだ。

昼には外食したり、コンビニで何か買ってきたりもするが、忙しければそれもスキップしてしまうときもある。基本的にしっかり食べるのは夕食だけだが、それですこぶる体調はいい。

新聞の記事を隅から隅まで目を通していると、三面に例の通り魔事件のことが載っていた。

『容疑者のホームレスの男から薬物反応』

見出し部分に目が引きつけられ、細かく内容を読んでいく。

警察の発表によると、二日前の事件で逮捕されたホームレスを調べたところ薬物反応が出ており、麻薬中毒患者特有のフラッシュバックによる発作的な犯行として、たまたま近くを歩いていた学生に切りかかった可能性があるとあった。

そして、今回の検査の結果は、すでに逮捕されている二名のホームレスについても同様の検査をする必要性を示唆するものであり、ホームレスと薬物の関連について慎重な捜査が続けられているとの内容だった。

さほど大きくもない記事だったが、一度さっと目を通しただけでも奇妙な点がいくつも上げられる。

当然、警察としてはさまざまな矛盾点に気づきながら、捜査の支障にはならないと判断した情報だけを報道にリークしているのだろう。

コーヒーを一口飲みながら恭が思い浮かべたのは、今朝見たばかりの遺体の様子だ。口の端からこぼしていた泡が気になる。ああいう症状になるにはいろいろと要因はあるが、急激な薬の過剰摂取、つまりオーバードゥーズの場合も往々にして見られる症状だ。

ホームレスと薬。なんだか不自然で奇妙な繋がりだった。

恭はコーヒーカップとクラッカーの皿を事務所奥のミニキッチンに運び、施術室の電気をすべてつけて、電気式のアロマポットのスイッチを入れる。ＢＧＭはクラシック局に合わせて低いボリュームで流す。

アロマとBGMは恭の代になってから取り入れるようになったものだが、伊勢佐木のクラブのお姉さん方にかぎらず、年輩の患者にもなかなか評判がいい。

今朝の一番の予約客は、古くからこの院に通っている近所に暮らす年輩の女性だ。叔父の腕を信じて長年通っていた彼女は恭の代になってしばらく顔を見せなくなっていたが、一年ほど前からまたこの院に通うようになっていた。

他のところに通ってみたけれど、結局ここがいいという結論を出したようだ。叔父が戻ってきたときに、昔からの患者が皆よそへ行ってしまっていては申し訳が立たないと思っていたから、それは恭にとっても嬉しいことだった。

整体にくる人は、外科医に通うほどではないものの、日々のケアが必要という人がほとんどだ。その分長いつき合いになるし、信頼関係も大切なのだ。

特に青山整体院では叔父のポリシーで、決まった時間だけ施術したらそれで終わりというやり方はしていない。患者の状態を確認してからその日の施術の方針を話し、痛みの緩和や症状の改善が認識できるところまで時間をかける。

もちろん、その日はよくなっても、生活習慣ですぐに元どおりになってしまう場合もあるので、それについてもきちんと説明して、次回の通院を予約してもらうことにしている。

その日も一人目の患者から時間が押してしまい、昼休みの時間になってもまだ午前中の予約を消化しきれずにいた恭だったが、そこへ現れたのは九鬼だった。

今朝の遺体発見の件でやってきたのはわかっていたが、なぜか他の刑事や警官は一緒ではなく、九鬼だけで恭に話を訊くという。

もうすぐ午前の診療が終わることを告げて待合室にいてくれるように言うと、九鬼はすぐ戻ると言い残してどこかへ出かけていった。

ここで無駄に時間を潰しているくらいなら、周辺の聞き込みでもしたほうがいいと思ったのかもしれない。伊達に敏腕と呼ばれているわけではなく、実際九鬼は自分の足でつかんだ情報が一番だと信じていて、地味な捜査に手間暇を惜しまない男なのだ。

この患者の施術が終われば午後の予約は二時からなので、少なくとも一時間くらいは九鬼と話ができるだろう。だが、どんな質問をされようが、恭が知っていることはたかがしれている。ひととおりのことを話しても、きっと十五分もあればすべて終わるだろう。

恭が施術を終えて会計を済ませた最後の患者を見送れば、入れ替わるように九鬼が院に戻ってきた。手には白い紙袋をぶら下げている。

「さてと、二人きりになったところで、今朝のことについてメシでも喰いながらゆっくり聞かせてもらおうか」

そう言いながら、施術室の片づけを終えて事務所に戻った恭の前に紙袋を差し出してきた。中を見てみれば、テイクアウトの中華の箱が五つばかり入っている。

「もしかして、わざわざ中華街まで行って買ってきたんですか？」

「中華は嫌いじゃないだろ。それに、ちょっとは脂ぎったもん喰って、その気になれよ。若いくせに妙に乾いてるんだからよ」

「放っておいてください。どうせナスカの大地以上に乾ききっていますから。でも、中華はいただきます。ちょうど食べたいと思っていましたから。で、いくらです？」

「いくら薄給の公僕でも、惚れている相手から中華のテイクアウト代を巻き上げるほどひどくはない。いいから、黙って喰え」

そう言うと、九鬼は事務所のテーブルの上に三つの箱を開いて置いた。中味は豚肉とカシューナッツの炒め物にガイランと牛肉のオイスターソース炒め、そして海老のチリソース炒めだった。

残りの二つは卵チャーハンで、恭と九鬼はそれを片手に持ってテーブルの上のおかずをつまみつつ、一緒に昼食を取る。もちろん、食べながらも九鬼は事情聴取を忘れない。

「遺体を発見したのは今朝の何時だ？」

「六時前、正確には五時五十分になったところです。発見現場にすでに横たわっていて、呼吸はなく、死後硬直も始まりかけていました。遺体解剖の結果が出ればはっきりするでしょうけど、目立った外傷はなく、首に扼殺《やくさつ》のあともなかった。目についた特徴といえば、口の端から泡を噴いていたこと。胸がくるしかったのか、かきむしるような仕草で死亡していたこと。あとは微かに甘い匂いがしたような気がしましたけど、これまでに嗅《か》いだ覚えのない匂いなので、それがなんなのかはわかりませんけどね」

恭がチャーハンの箱にプラスチックスプーンを突っ込みながら、今朝見たままのことを全部九鬼に伝える。

他には何も知らないから、あとは食事に専念するだけだ。

「まるで監察医のようだな。被害者が死んでいるとわかっていて、なんで警察に連絡しなかったんだ？　警察が面倒なら俺に直接かけてくりゃいいだろ」

「呼吸も死後硬直もあくまでも素人見解ですよ。倒れている人を見れば救急車を呼ぶのが自然でしょう。だから、俺もそうしたまでです。それに、明け方のそんな時間に九鬼さんに電話するんですか？　どうせベッドの中で爆睡中だったでしょ」

自分が元医大生だったことは誰にも言っていない。この整体院の患者の誰も知らないし、もちろん九鬼や陽介にも語ったことはない。知っているのは叔父だけだが、その彼も今は日本にいない。

「それより、今朝の新聞の記事を見ました。いろいろと奇妙なことは素人の俺にもわかりましたけど、実際のところ今までの通り魔事件と今回の件に関連はありそうなんですか？」

どうせ捜査の核心部分を九鬼が口にするわけもないし、恭だって自らこの問題に首を突っ込みたいわけじゃない。ただ、一般的な興味としてたずねたまでだ。

するると、九鬼はガイランを頰張りながら難しい顔で、首を横に振る。

「まだわからんというのが正直なところだ。だが、今日の午後にでも遺体解剖の結果が出れば同じ薬物で繫がるんじゃないかと思っている」

「そもそも、それが奇妙ですよね。ホームレスがどうして薬物に手を出しているんですか？」

薬物を手に入れるにはそれなりの金が必要になる。わずかな金が手に入れば安酒に溺れる者は多いが、薬に手を出すようなホームレスというのはあまり聞いたことがない。

「それに、記事によればフラッシュバック反応による発作的な犯行とありましたが、そこまでいくにはかなり長期間中毒状態にあったということでしょう。ますますわからないな。そんな長期にわたって薬を入手するための金を工面できたということですか？　あるいは、金を薬に使っているうちに生活が破綻《はたん》してホームレスになったとでも？」

恭が自分の考えを言えば、黙って聞いていた九鬼が苦笑を漏らしていた。

「なかなかの素人探偵ぶりだな。で、他に気づいたことは？　遺体を発見したとき、周囲に怪しげな人物を見たとか、見慣れない車が停まっていたとか？」

茶化されていると思った恭はムッとしたようにチャーハンの箱を置いて立ち上がる。

「さっき話したことが全部ですよ」

ミニキッチンでお茶の用意をしていると、後ろで相変わらず旺盛な食欲の九鬼が言う。

「だが、いい線いってるぞ。実は、問題はそこなんだ。先の通り魔事件を起こした三人のホームレスには全員同じ化学合成系の薬物反応が出ている。連中の身辺調査では皆最近急激に薬にはまった者ばかりだ。にもかかわらず、長期に薬を使用していた中毒患者特有の症状が出ている。この連中はたまたま通り魔事件を起こしたから捕まっているが、今朝の男のように薬のやりすぎで自滅した奴は他にもいると思う」

「いいんですか、そんなことを素人の俺に話しても」

日本茶を淹《い》れた湯飲みをテーブルに出した恭が九鬼の表情をうかがう。

「べつにいいさ。どうせこんな話を世間に吹聴することもないだろう。したところで、捜査に影響が出るほどのことでもない」

九鬼はあっさりと言い捨てて、湯飲みを手にする。

「つまり、誰かが意図的にホームレスの連中に薬を流しているということですか？」

恭が確認すれば、九鬼は黙って頷《うなず》く。

「そういうことになるな」

「いったい、なんのために？」

「それがわかれば、とっくに事件解決だ。俺はここで恋人とのんびり昼飯なんか喰ってないで、犯人逮捕にすっ飛んでいってるさ」

九鬼が肩を竦めてみせたので、恭はすでに空になっている中華の箱をプラスチックバッグに投げ入れながら吐き捨てる。

「誰が恋人ですか？　くだらない冗談を言っている暇があったら、さっさと周辺の聞き込みにでも行ったほうがいいんじゃないですか？　俺の知っていることはもう全部話しましたから、これ以上ここにいてもしょうがないですよ」

テーブルの上をさっさと片づけてしまおうとする恭の手を九鬼が握ったかと思うと、二人きりなのをいいことに臆面もなく体を抱き寄せようとする。

「何やってるんです？　刑事のくせに堂々と猥褻《わいせつ》行為ですか？」

体が抱き寄せられると同時に、九鬼の大きな手が恭の尻に回り、そこをやんわりと揉むようにつかみ上げていた。軽く睨《にら》む恭に対して、九鬼はなぜか探るような視線を向けてくる。

「なぁ、近頃、藤森の若造のところで飲んでるらしいじゃないか」

「なんでそんなことを九鬼さんが知ってるんです？」

「こんな商売をしていると、いろいろと耳に入ってくることもあるからな」

「陽介さんのところへは週に一、二度寄ってますよ。仕事帰りに一杯飲んでいるだけです。それが何か問題でも？」

「おおありだ。あの若造は油断も隙もないからな。ホストみたいな顔しやがって、女でも口説いてりゃいいのに、恭にちょっかい出そうってのが気に入らねぇ」

治療のときは「先生」と呼ぶくせに、患者としてやってきたとき以外は「恭」と呼ぶ。一応使い分けてくれているのはいいんだが、その言葉を聞いて恭は思わず噴き出した。

「何がおかしい？」

九鬼がムッとして不機嫌そうにたずねるので、苦笑とともに言ってやる。

「だって、まったく同じことを陽介さんも言ってましたよ。『あのセクハラオヤジは油断がならない』ってね。お二人とも、案外気が合っているんじゃないですか。俺なんか口説いてないで、いっそ二人でつき合ってみたらどうです。なかなか見ごたえのあるゲイのカップルになると思いますよ？」

九鬼がいやがるとわかっていたが、案の定眉間《みけん》に縦皺を寄せて恭から距離を置いた。

自由になった恭がまだ薄笑みを浮かべたまま中華のゴミと一緒に事務所のデスク下のゴミ箱を手にして、外のポリバケツに入れにいこうとしたときだった。

「おい、そのゴミ……」

「ゴミがどうかしました？」

九鬼がデスク下のゴミ箱を指差しているので、中をのぞき込む。

「確か煙草は吸ってなかったよな？　誰かの忘れ物か？」

九鬼が目敏《めざと》く見つけたのは、今朝がた玄関先で拾って投げ入れた煙草のパッケージだった。

恭がそのことを説明すると、何が気になったのか知らないがゴミ箱に手を伸ばしてパッケージを取り上げる。

それは珍しくもない、町中の自動販売機にも必ずはいっている銘柄だ。

「煙草代にも困っていると言うなら、お昼の中華代は支払いますよ」

からかうように言ったが、九鬼は真面目な顔でそのパッケージを手にしてじっと見つめていた。そして、軽く振ってから蓋《ふた》を開いて中を確認している。恭も横からのぞき込めば、中には煙草が一本もかけていない状態で入っていた。

「箱がくたびれていたから吸いかけかと思ったら、新しいものだったんですね」

いずれにしても、落とした煙草をわざわざ探して拾いにくる人もいないだろうと思い、恭は何も考えずにゴミ箱に入れたのだ。

だが、九鬼はさらに奇妙な表情になったかと思うと、煙草を全部デスクの上に取り出す。

「え……っ？」

デスクの上に散らばった二十本の煙草は通常の長さの半分にカットされていて、その底にはパッケージのサイズに合った四角い発泡スチロールがはまっている。

九鬼がそれをそっと取り出し、デスクの上のペン立てにあったカッターナイフできれいに切り裂く。

すると、中からは茶色い油紙に包まれた、少し青みがかったクリスタル状のものが出てきた。

「これって……」

恭が言うまでもなく、九鬼が頷く。

「おそらく、ドラッグだろう」

「もしかして、例のホームレスの間に出回っているという代物ですか？」

「さぁて、どうだろうな。ただ、こんな形状で素人が持っているとも思えない。海外のバイヤーの細工か、あるいはこの状態でカムフラージュして仲間同士で流通させているんだろう」

いつもより早く院にきてみれば遺体を発見してしまい、さらには玄関先でゴミを拾ったつもりが薬だったというおまけつき。

これでも極力面倒は避けて生きているつもりなのに、なんでこんなことに巻き込まれてしまうんだろう。恭が思わず溜息を漏らしたら、九鬼が隣で半ば呆れたように自分を見ていた。

「言っておきますけど、すべては偶然であって俺のせいじゃないですから。それより、よくこの煙草が怪しいと気づきましたね。九鬼さんに言われなければ、中華のゴミと一緒に捨てていましたよ」

さすがは刑事の勘と誉めるべきなんだろうが、ちょっと迷惑な気もして厭みの一つも言いたくなってしまう。

「これは多分日本製じゃないな。パッケージの造りが粗いし、紙の質も悪い。おそらく、薬の密輸に合わせて用意された贋物《にせもの》だろう」

偽造煙草と聞いて思い浮かぶのは、やはり北朝鮮ルートだった。昨今日本に入ってくる麻薬の半分は北朝鮮ルートだという話は、ニュースや雑誌の記事などで知識としては知っていたけれど、こうして現物を目の当たりにすると、自分には無縁と思っていた世界も意外と身近に存在しているのだと思い知らされる。

そして、一瞬ゴミ箱をのぞき込んだだけでそこまで気づく九鬼だから、ときどき恭は彼に何もかも見透かされているような気がして怖くなるときがある。

薬をパッケージに戻すと、九鬼はそれをハンカチにくるんでジャケットのポケットに入れる。科捜研に渡して詳しく調べてもらうつもりだろう。

昼休みもわずかになって九鬼を見送るとき、恭は一度彼を呼び止める。

「あの、薬のことですけど……」

こういう形で出回っているとしたら、先日陽介から聞いた話が現実味を持って思い出される。たとえば組織が大量に仕入れるならこんな凝った細工をしないで、ビニール袋に入ったものを日本に持ち込み、密売人が小分けにすればいい。

わざわざ偽造煙草のパッケージなど使わず、ありがちなジップロックの小袋にでもいれて売りさばけばいいだけだ。

個人的に密輸した薬で直接小商いをしているとしたら、やはり陽介の話していたチームと呼ばれるようなはみ出し者達がこの事件に関わっている可能性が高いだろう。

恭の言葉の続きを待っている九鬼だったが、結局彼には何も言わないでおくことにした。きっと陽介に聞いたことくらい九鬼だって知っている。

恭は、九鬼がときおり自分に話す捜査の内容を気軽に誰かに漏らすような真似はしない。また、陽介から聞いた情報を何かに利用しようという気もない。

恭の様子をうかがっていた九鬼だが、真剣な顔で向き合うと言う。

「いいか、煙草の件もあるし、拾ったのは偶然だとしてもしばらくは身辺に気をつけるようにしろよ。何かあったら、夜中でも早朝でもいいから、直接俺に電話しろ」

お昼の中華の礼を言った恭は、県警に戻っていく九鬼を見送りながらぼんやりと考えていた。

叔父から院を譲り受けてからというもの、ムキになって忙しく過ごしてきた。そんな中で、恭が手に入れた奇妙な縁が九鬼と陽介だった。

二人の存在はときに鬱陶《うっとう》しくもあり、そのくせ二人がいるから何もかも忘れて心が安堵する瞬間もある。

どちらを裏切る気もないし、どちらに傾く気もない。狡いと言われても、過去の傷を未だに忘れることができない恭だから、今のバランスのままでいたいというのが正直な気持ちだった。とにかく、物騒なことは早く終わってほしい。薬に関しては陽介の組が関係していることはないので、九鬼が誰を検挙しようと問題はない。

それよりも、恭の心配は九鬼の腰痛だ。今度の捜査でまた無理をして体を酷使するに決まっている。できれば疲れは溜めすぎないうちにきてほしい。だが、そんな注文は、あの男にはあまりにも無理な話なんだろう。

恭はあらためて事務所のゴミをまとめて外のポリバケツに出しにいく。午後の診療開始まであと十分ほど。裏口のドアを開けたところで、見慣れない男が路地を出ていくのが見えた。

一瞬奇妙な気もしたが、この裏通りは野毛の丘の上から駅への抜け道にもなっている。まったく人が通らないわけでもないので、ゴミをポリバケツに入れるとそれ以上気にとめることもなく中に戻った。

ちょうどそのとき、午後一に予約した患者がやってきた。金曜日の午後は伊勢佐木のクラブ勤めのお姉さん達で忙しくなる。

遺体を見つけても、薬を拾っても、恭の一日は変わらない。それが日常で、そうやって生きていくだけだ。

九鬼は乾いていると言うけれど、無駄に傷つくくらいならずっと乾いたままでいい。どんな乾いた砂漠でも、生きていられる草木はある。自分はそんな草でいいと思っている。

ときおり感じる寂しさなど、忙しさに追われていればたいして苦にもならないのだから。

◆◆

恋を無くし、将来の夢を無くし、生きていく希望を失ったとき、叔父は「トラブルってのは連鎖するんだよ」と笑って言いながらも、恭《きょう》の手をつかんで泥沼から引き上げてくれた。

叔父の言っていたことは正しかったようだ。なるほど、トラブルは連鎖していくものらしい。

そのことをあらためて思い知らされたのは、遺体発見の翌朝のことだった。

週末の土日は休診の青山《あおやま》整体院だが、カルテの整理が溜《た》まっていたので土曜日出勤してみれば、待合室から施術室、その奥の事務所まで見事に荒らされていた。

恭は院の事務所で一人立ち尽くしながら考える。

こんなしがない整体院に強盗に入ろうと思ったのは、どんな酔狂な人間なんだろう。いよいよ金に困っていたんだろうか。だとしたら、かなり哀れな気もする。

が、まるでこの場所だけ竜巻が通り過ぎたか、地震が起きたのかというような散らかり具合を見ていると、そんなせっぱ詰まった状況というよりは、何かの意図があって入ったものの、目的のものが見当たらなくて八つ当たりに散らかしていったような感じもする。

いずれにしても、ここまで壊滅的な状態だと怒ったり悪態を吐《つ》いたりする気力も湧いてこなかった。

とりあえず、どうしたものかと考えて九鬼《くき》に連絡してみることにしたのは、昨日彼が言い残していった言葉を思い出したから。

夜中でも早朝でもかけてこいと言っていた九鬼だが、実際電話をしてみれば眠っていたようで、時刻はすでに朝の九時前だというのに完全に寝惚《ねぼ》けていた。

「やられました。院がメチャクチャなんです」

恭の冷静な言葉にしばし寝起きの戯言《ざれごと》を言っていた九鬼もようやく目が覚めたらしい。すぐに行くから、何も触らずに院を出て近くのカフェにでも入っていろと言われた。

ようするに、現場はそのままにしておいて、身の安全のために人の多い場所に移動しろということなんだろう。昨日の事件のことが頭にあるから、その関連を考えて指示をしているのだとわかった。

できればカルテだけでもすぐにでも拾い集めたいところだが、素人判断で九鬼の言葉に逆らうのは賢明ではないだろう。

重い溜息《ためいき》とともに院を出たところで、恭の携帯電話が鳴った。九鬼かと思いきや、陽介《ようすけ》だった。

陽介は夜の店をやっているわりに朝が遅いわけじゃない。こうして、週に数度は朝の早い時間にご機嫌うかがいの電話をかけてくる。

その日も恭の休日に合わせて食事の誘いでもと思ったらしいが、事情を説明するとすぐにくると言い出した。

「いや、もう九鬼さんに連絡してしまって……」

と言いかけたところで電話は切れてしまった。

二人が鉢合わせするのはあまり楽しい状況ではないと思うので、この場合陽介には遠慮してもらいたかったが、電話をかけ直していちいち状況を説明するのも馬鹿らしい気もした。

二人が職業柄犬猿の仲なのは連中の勝手だ。とはいえ、ああ見えて九鬼と陽介は互いを認めていないわけでもないのだ。

九鬼は刑事でありながら、藤森《ふじもり》組の現組長が古きよき時代の任俠《にんきょう》魂を持つ男だと認めているし、その息子の陽介についても「若造」呼ばわりしながらも見た目に反した強い意志を持つ人間だと知っている。

また、陽介も九鬼については目障りな刑事だと悪態を口にしながらも、彼が己の信念に忠実に捜査をする男だとわかっているはずだ。

相反する立場に身を置いて、同じ男として認めたい部分もありながら、認めるわけにはいかない。

(まったく、面倒くさいったらありゃしないな……)

それが恭の胸の内ではあるが、それでも憎みきれないところがさらに厄介なのだ。

近くのいきつけのカフェに入り、コーヒーを注文してマスターに今朝の新聞を頼む。場所柄英字新聞も含めて主だった新聞が揃《そろ》っているここは時間を潰《つぶ》すにはもってこいの場所だ。

恭がコーヒーを飲みながら手元にある新聞の山の半分を読んで、反対側に積み上げたところでやってきたのは陽介だった。

「おいおい、こんなところでのんびりコーヒーを飲んでいる場合かよ」

そう言いながらも、陽介は恭の身が無事なことを確認してホッとしているようだった。

休日の朝早くから恭の一大事を聞いて駆けつけてくれたのは感謝したいけれど、考えてみれば陽介は曜日に関係なく、自分の都合で年中休日といえば休日だった。

「本当は今すぐにでも片づけを始めたいんですが、警察に現場に触るなと言われているのでしようがないんですよ」

それを聞いた陽介は、マスターに自分もコーヒーを注文しながら面倒くさそうな顔になる。

「もしかして、九鬼の旦那に連絡したのかよ？」

「あの人は普通に一一〇番しても、勝手に聞きつけてやってくるんです」

直接九鬼に連絡したことは言わずにおいたのは、あえてトラブルを避けるためだ。

もっとも、二人が顔を合わせたら、その時点で充分にトラブルの可能性はあるわけだが、そんなことは二人が勝手にやりあってくれればいい。恭の知ったことじゃない。

そして、数分後、ついさっきまで寝惚けていた九鬼が、まさにすっ飛んできましたというボサボサの髪を無理矢理後ろに撫《な》でつけながら、ヨレヨレのスーツに薄手のコートを片手にした格好で現れた。

「旦那、いい男も台無しだな。はりきってきたところ悪いけど、空き巣事件に一課の刑事はお呼びじゃないぜ」

さっそく厭みを言う陽介がスタイリッシュなカジュアルスーツで決めている姿を見ても涼しい顔で無視し、恭の隣に立つと肩に手を回してきた。

「待たせて悪かったな。外野は放っておいて、現場に行くぞ」

そう言うと、九鬼は恭のコーヒー代だけをカウンターに置いて外へと促す。

「こらっ、ちょっと待て、このクソオヤジ。のんびりやってきやがって、何をぬけぬけと人を出し抜いてやがる」

慌てて叫んだ陽介も自分のコーヒー代を置いて席を立つ。

マスターの声に送られて三人が揃って店を出ると、九鬼と陽介は我先に青山整体院へと向かっていく。

「九鬼の旦那、腰痛持ちなんだろう。年寄りは家でおとなしくしてなよ。そのうちぎっくり腰にでもなって恭の世話になってみろ、みっともねぇったらないぜ」

「うるせぇよ。藤森のぼんくら跡取りは屋敷で舎弟どもと遊んでりゃいい。犯罪予備軍のくせに犯罪の現場にノコノコ出てきてんじゃねぇよ」

辛らつきわまりないやりとりは聞いているほうが疲れる。うんざりとした恭が数歩後ろを下がって歩いていると、院の前にすでに県警の人間が数人立っているのが見えた。九鬼が連絡しておいてくれたのだろう。

二課の人間は九鬼の姿を見て軽く会釈すると、その隣にいる陽介を見てちょっとぎょっとしていた。県警の人間で陽介の素性を知らない者はまずいない。

なぜ彼が空き巣の現場に県警の刑事と一緒に現れたのか、誰もがたずねたそうにしているが、たずねられないでいる。あげくに、きっと九鬼がなんらかの事情で呼んだのだと納得しようとしている。

空き巣の被害者である恭は二課の刑事に付き添われて、院内の被害状況を確認して回った。待合室から施術室、事務所ともひどく荒らされてはいるものの、幸いなくなっているものはなかった。

「間違いないか？　現金だけでなく、書類とか備品などでもなくなっているものはないのか？」

九鬼にも訊かれたが、何度確認しても同じで、引き出しの小銭やデスクの上のメモ書きさえなくなってはいなかった。

鑑識がひととおり指紋を取って、残された靴跡や部屋の様子の写真を撮り終えたあと、ようやく院内の物に手をつけてもいいという許可が出た。

二課の連中が引き上げてから外で待たされていた陽介がふてぶてしい態度で院に入ってきたが、周囲を見渡して言ったのは警察とまったく同じ見解だった。

「こりゃ、ただの物取りじゃないな。何か捜し物をしたあとだ」

そうは言われても、家捜しして見つけ出すほどの何がこの院内にあるというのだろう。思い当たることはないかと警察に訊かれたときにも答えたが、そんなものは何もない。

「だとしたら、やっぱり昨日の例のものってことか」

九鬼が言ったので、恭も暗い表情のまま胸の前で腕を組む。そうでなければいいと思っていたのに、この状況ではそれを認めざるを得ないということらしい。

「例のものってなんのことだよ?」

陽介がすかさず訊いたので、恭が九鬼の表情をうかがう。

院に残っているのは三人だけだが、薬を拾ったことは一般人に口外することじゃない。が、陽介が一般人かといえば、それもちょっと違う。

「昨日、恭がヤバイものを拾ったんだよ。科捜研で調べてもらっているが、おそらく最近世間を騒がせている通り魔事件の犯人達から検出されたものと同じ薬に間違いなさそうだ」

手にしていたコートをデスクの上に投げた九鬼が、意外にもあっさりとそのことを話してしまった。すると、陽介もまた別段驚くでもなく事務所の椅子に腰かけてからしばし考えていたが、やがて記憶の整理がついたように口を開く。

「その薬物だが、もしかして新種のきわめて依存性が高い、幻覚錯乱症状を簡単に引き起こすってやつじゃねぇの? ちなみに、俺が耳にしている話じゃ、『シオン』と呼ばれている代物だ。安くて強烈にトリップできるってんで、ちょっとした評判になっていたんだが、どうやら一発で脳がやられるらしい。だから、近頃じゃ誰もが警戒して手を出さなくなっているって話だけどな」

「なんだ、そりゃ。『シオン』だと？　聞いたことないな。で、そいつの出どころは？　さばいてんのはどこのどいつだ？」

その名前は初耳だったのか九鬼が厳しい口調で質問するが、陽介は肩を竦《すく》めてみせる。

「さぁな。そこまでは知るかよ。っていうか、それを調べるのが旦那の仕事だろうが。怠《なま》けてねぇで、恭のことは俺にまかせてさっさと捜査に行けよ」

貴重な情報を得たからといって、陽介に素直に礼を言ってこの場をあとにする九鬼じゃない。

「どこかの組が関与している可能性は？」

「ないな。一度、二度の使用で脳がやられちまうようなそんなヤバくさいもん、組織が手を出すもんか。金が欲しいだけの、素人に毛が生えた程度のチンピラじゃねぇの？」

犬猿の仲のくせに、結局陽介は知っているかぎりの情報で九鬼に協力してやっている。というのも、ときには九鬼が提供する情報で藤森組がトラブルを回避することもあるからだ。

相容れない関係であっても、ギブ&テイクでうまくやっている部分もある。世の中は往々にして敵対するもの同士が水面下でそっと手を繋《つな》いでいたりするものだ。ただし、その繋がりはまるで薄氷のごとくで、明日には決裂してしまうようなものだと互いが理解している。

そんな九鬼と陽介双方の情報を合わせたところで、通り魔事件の元凶はシオンという新種の薬物であるらしいことはわかった。

恭が昨日拾った煙草《たばこ》のパッケージに入っていたのもその薬物だとしたら、このタイミングで院が荒らされたのはただの物取りの仕業ではなく、シオンの入った煙草を見つけ出して回収するためだと考えられる。

そうなると、ちょっとばかりマズイかもしれない。二人の会話を黙って聞きながら大きな吐息を漏らし、組んでいた腕を解く。

「恭、昨日から今朝この状態を見つけるまでに、何かいつもと変わったこととかなかったか?」

「どんな小さなことでもいい。思い当たることは?」

二人に問われて、昨日から今朝までの出来事を思い出す。

九鬼が恭から受け取った煙草を持って県警に戻ったのが昼過ぎ。午後はいつもどおり診療して、片づけをして院を出たのが夜の九時前だった。

陽介の店にも寄らず真っ直ぐに駅へと向かったのだが、今にして思えば奇妙なことは確かにあった。

「実は、二人には話していなかったんですが……」

そう前置きして恭が語ったのは、昨日の夜、院から帰る途中の出来事だった。

「駅への道を歩いているとき、いきなり黒ずくめの男に背後から襲われました」

背中から羽交い締めにされたが、蹴《け》りと関節技で男を投げ飛ばすと、相手はすぐさま逃げていった。

「おいおい、なんだよ、それ。えらく物騒じゃねぇか」

「物騒どころの騒ぎじゃないぞ。そういうことは先に言え」

陽介と九鬼の双方から激しく突っ込まれるが、恭は肩を竦めてみせる。

外灯もあまり明るくなく、人通りの少ない道なので、てっきり華奢《きゃしゃ》で髪の長い恭を後ろ姿で女性に間違えた痴漢だと思ったのだ。あるいは、男だとわかって襲ってくる不埒《ふらち》な輩《やから》もこれまでにいたから、そのときはあまり気にもしていなかった。だが、昨夜の男はただの勘違いの痴漢ではなかったらしい。

「ちょっとばかりマズイな」

例の薬に関わっている人間は、煙草のパッケージを院の前で落とし、それを恭が拾ったことに気づいているということだ。

ものはすでに九鬼の手によって警察に渡っているとはいえ、相手にそれを伝える術《すべ》はない。

また、これだけ院内を家捜ししていったのだから、恭の自宅もすでに知られている可能性が高かった。

もしかしたら、こうして院にいるたった今も、自宅のほうが狙われているかもしれない。

九鬼がすぐに電話を入れて近くの交番の警官に警邏《けいら》に当たるように伝えてくれたが、少々面倒な状況になってしまった。

「こうなったら、しょうがねぇよな。恭、今すぐ荷物をまとめて俺のところへこい。身の安全が第一だ」

陽介が椅子から立ち上がると言った。すると、九鬼がすかさず異議を唱える。

「ちょっと待て。なんでおまえのところなんだよ。それじゃ、身は安全でも貞操の危機だろうが。恭は俺のところへくればいいんだよ。刑事がそばにいれば、これくらい安全なことはない」

「何言ってんっすか。旦那を逆恨みしている犯罪者がどんだけいると思ってるんです。この間も山科《やましな》組の幹部をかなり強引な手で引っ張ったもんだから、そいつのオンナにドス持って待ち伏せされてたって話じゃないっすか。そんな危ないところに恭をおいておけるもんか」

それが本当なら、恭よりもよっぽど物騒だと思う。

「おまえ、くだらないこと知ってんな」

しい。

九鬼がふてくされたように言いながらも否定しないところをみると、まんざら嘘でもないらしい。

「刑事がくだらない目に遭っている噂《うわさ》は、俺らの業界じゃいい憂さ晴らしなんでね。あっという間におもしろおかしく伝わる。というわけで、恭は俺のところにくるってことでいいよな？」

「いえ、できれば、一人でホテルにでもこもろうかと……」

恭が床に散らばったカルテを集めながら言うと、すぐさまそんな不特定多数の人間が出入りするところは駄目だと却下された。

確かに、陽介のところならセキュリティという意味では万全だろう。普段から九鬼とは別の意味で狙《ねら》われやすい陽介は、自分の身元を徹底的に隠して他人名義でマンションの部屋を借りている。それも、横浜《よこはま》でも最新のセキュリティシステムを取り入れた高級マンションの最上階のフロアを借り切っているのだ。

そればかりか、ごく近隣のマンションには子飼いの舎弟を数名住まわせていて、何かあればすぐに駆けつけられるようにしているのも知っている。

命を狙う者がいたとしても、容易にマンションに入り込むことすらできないだろう。

九鬼はなんとかして反対する理由を見つけ出したいようだが、この状況で恭の身の安全を一番に考えるなら、陽介の提案を呑《の》むのが最適だとわかっているのだろう。

苦虫を噛《か》み潰したような顔で、整えないままできた髪をかきむしっている。片や陽介はすでに九鬼から一本取ったような満面の笑みで、恭の片づけの手伝いを始めていた。

「おい、もし抜け駆けして恭に手を出してみろ、どんなでっちあげの罪状ででも捕まえて臭いメシ喰わせてやるからな」

九鬼は断腸の思いで叫んでいるのだろうが、それは無理がありすぎる。だが、陽介は売り言葉を嬉々として買うタチの悪い男だ。

「俺が手を出さなくても、恭のほうから抱いてくださいと言って、膝を折って俺のイチモツをくわえてくるかもしれねぇしなぁ」

眉を吊《つ》り上げる九鬼よりも先に、集めたカルテをデスクの上に叩《たた》きつけるように置いた恭が言う。

「どんな浮かれた夢を見ているのか知りませんけど、そんなことはあり得ませんから。それに、ホテル代わりに使わせてもらうなら、きちんと支払いはさせてもらいますよ。ただし、プライベートだけは完全に確保させてもらいますから」

間借りする身で傲慢《ごうまん》だと思われても知ったことじゃない。これは恭が望んだことではなく、陽介自身が希望したことだ。これくらい高飛車に出ておいて、この男にはちょうどいいくらいなのだ。

「それもそうだ。こんなヤクザもんに借りを作ったらろくなことにならないから、ちゃんと支払っておいたほうがいいぞ。そのうち、そんな無駄金を使っているのが馬鹿らしくなったら、さっさと荷物をまとめて俺のところへこい。俺なら恋人としていつでも歓迎するからな」

九鬼が大人げないことを言えば、陽介はそれに呆《あき》れながらも恭に擦り寄ってくる。

「金なんか取るわけないだろ。俺達は友人なんだから、困ったときは助け合って当然だ。もちろん、プライベートバスのついたゲストルームを用意するからさ、遠慮せずにいつまでもいればいいんだよ」

どうせそう言って折れてくると思っていたから、恭は唇の端を小さく持ち上げて笑う。

「そうですか。じゃ、友情に感謝して、お言葉に甘えさせていただきます」

友人なんだから、間違ってもよこしまな気持ちで迫ってこないようにと釘を刺しておく。九鬼をやりこめたからといって、調子にのってもらっては困る。

すっかり面倒に巻き込まれている状況で、助けをもらえることには感謝していた。けれど、この事態を自力で乗り越えられないとも思っていないから、こんなにも傲慢でいられるのだ。九鬼と陽介の気持ちを試している自分の狡《ずる》さは知っている。けれど、九鬼と陽介自身が望んでいるのだから、それを恭が利用して悪いとは誰にも言えないだろう。

恭にしても、彼らとの少しばかり刺激的な駆け引きを楽しんでいるだけだ。

どこかでこんな自分をなじる人間がいるなら、目の前に出てきて堂々となじればいい。彼らを本気で求めて、尽くして、愛したいという者がいるなら、恭はいつだって身を引いてやる。どんな恋にも愛にも深入りをする気はない。この体と心を満たしてくれる者などきっといないのだから。

◆◆

あの日から磯子《いそご》にある恭の自宅マンションは、陽介の舎弟がそばの安アパートをわざわざ借りて二十四時間張り込んでくれていた。

そこまでしなくてもとは思ったが、心配性の陽介を説得するのが面倒なので放ってある。こんなことにでもかまけて、若い舎弟が犯罪に走らず時間を潰しているのならそれもよしということだ。

そして、野毛《のげ》の青山整体院は私服の捜査員が交替で張り込んでくれている。こちらは九鬼が手配してくれたことだった。

恭本人は院が空き巣被害に遭った日の夜から陽介のマンションに移動して生活している。もちろん、約束していたとおり、プライベートルームをもらっての快適な生活だ。

そればかりか、「ヤクザの息子のくせに」というのは完全な偏見なのだが、陽介は思っていた以上にマメな性格で、恭よりも早く起きて朝食も作ってくれるし、週末にまとめて洗おうと思っていた洗濯物も帰宅してみればきちんと畳まれてベッドの上にのっていたりする。

ここまで至れり尽くせりだとかえって居心地が悪いのだが、陽介は「ウィステリア」のドアに臨時休業の貼り紙をしてしまい、すっかり主夫のような生活を楽しんでいるようだった。

そうやって恭の世話はいそいそと焼いているくせに、それ以外のことはちゃっかり組の若い衆を使っている。青山整体院の後片づけも、舎弟連中が数人でやってきて日曜日だけでほぼ元通りの状態にしてくれた。

また、この無駄なばかりに広いマンションの部屋を掃除しているのも通いできている陽介の子飼いの若い衆で、日々の食料品の買い出しも彼らがしてきて冷蔵庫に詰めている。

そういう場に恭がたまたま出会《でくわ》すと、誰もが礼儀正しく頭を下げていく。というのも、連中は恭が陽介の特別な存在だと信じて疑っていないからだ。

もちろん恭としては不本意なんだが、いちいち一人一人つかまえて誤解を解いていくのも面倒だ。

「シオン」という手がかりがあるのだから、ここでの生活もそう長引くことがないと思っている。あとは薬の出どころがつかめさえすれば、今回の事件は一気に九鬼が解決してくれるだろう。そうすれば、陽介の部屋からもさっさと引き上げるだけだ。

「今日の夕飯ですが、何か食べたいものとかありますか？」

その日朝食を終えて院へ出かける支度をしていると、部屋の掃除にきた藤森組の若い舎弟の一人がたずねてきた。

「そういうのは陽介さんに訊いてください。俺は居候ですから、お気遣いなく」

彼らにしてみれば、陽介の大切な相手に対して粗相があってはならないと本気で身構えているらしい。

ここで数日暮らしているうちに気づいたことは陽介のマメさ以外にも多々あるが、ただの道楽者の三代目だと思っていた彼が思いの外《ほか》組の若い連中の心をしっかりとつかんでいることもその一つだった。

近頃はヤクザの世界もなかなか根性の据わった若い者が見つからなくて、人材不足だと言われているのは聞いていた。

そんなご時世でありながら、藤森組では年輩の相談役から、現役で活躍している幹部連中にも肝の据わった強者《つわもの》が揃っていると九鬼が言っていた。

そして、次世代を担う陽介はちゃんとこれからの若い衆に目をかけて、確かな主従関係を築いている。

というのも、彼が親の七光りで大きな顔をしているただのぼんくらではなく、組や舎弟のために必要ならば危険であっても率先して飛び込んでいく男だからだ。

組を継ぐまでは好き勝手をしているのも、実は父親を立てて表舞台に顔を出していないだけだ。彼は藤森組の実態を常に冷静に掌握しているし、軟派な見た目とは違って昔気質の男気を持つ人間だった。

どんなにりっぱな結束力や組織力を誇っていても、しょせんは反社会的な団体なのだとわかっている。ただ、一本筋が通っているという人間はやはりそれなりに認めるべきなのかもしれない。

身支度を整えた恭が玄関に向かうのを見た陽介は、自分もさっさとワードローブからジャケットを取り出している。

「車で送っていくから、ちょっと待ってろ」

そう言うと、愛車のフェラーリの鍵を手にやってくる。

こんな目立つ車で出勤していたら、身を隠している意味があるのかどうかわからなくなると言いたいが、陽介は同居の本来の意味などすでに忘れているようだった。

その証拠に、ここに移動する前にあれほど九鬼に念を押され、恭自身にも釘を刺されていたにもかかわらず夜毎《よごと》に部屋へと夜這《よば》いをかけてくる。

「だいたい、言っていることとやっていることが違っているじゃないですか」

フェラーリの助手席に座り、外の景色を眺めながら恭が文句を言ったのは、昨夜の不毛な攻防を思い出していたからだ。

毎晩のようにベッドに潜り込んでこようとする陽介を追い出すのはかなり面倒なのだ。だが、そんな恭の不満に対してもぬけぬけと開き直ってみせる。

「言っていることとやっていることが一緒のヤクザがいたら、そいつはモグリだ。そんな奴は信用できねぇから気をつけるこった」

「何をわけのわからないことを言ってるんですか」

いくら世話になっている身とはいえ、朝に夕にこういう疲れるやりとりは勘弁してほしい。

そして、院にくれば今日も九鬼が手配した私服の警官が近くの路上に車を停めて見張っていた。

シオンと呼ばれるドラッグについてその後捜査は続いているものの、いつまた恭のところに犯人がやってくるともかぎらない。

警察にしてみれば闇雲に捜査の手を広げるよりは、犯人から恭になんらかのアプローチがあったなら、そこを押さえるのが手っ取り早いという算段もあるのだろう。囮《おとり》にされている気もするが、一応警護してもらっている身なので文句を言う立場でもない。

いずれにしても、私生活は横浜でも名を知らない者はいない藤森組、職場は天下の県警の警護を受けているのだから、どんな相手であっても簡単に手を出せないだろう。

その後は陽介の送り迎えもあり、夜道で襲われるなどという物騒なこともなく、恭の自宅も荒らされることもないまま一週間が過ぎていた。

この様子ならそろそろ自分のマンションに戻っても大丈夫なんじゃないかと思っていた夜のことだった。

その夜も陽介は懲りることもなく恭の部屋にやってきた。風呂上がりだった恭は何か飲み物を取りにキッチンに行こうとしていたところだったが、陽介は気をきかせてミネラルウォーターを片手にしていた。

「こう睨《にら》みがきいていちゃ、犯人もなかなか手出しができないようだな」

陽介はミネラルウォーターを手渡すと、そう言って恭のベッドに腰掛ける。

「おかげさまで充分に身の安全が確認できたので、そろそろ自宅に戻ろうかと思っているんです。いつまでも陽介さんに世話になっているのも申し訳ないんでね」

パジャマ姿の恭はバスタオルで濡《ぬ》れた髪をふきながら、受け取ったミネラルウォーターを一口飲んでから言った。

「おいおい、水臭いこと言うなよ。俺達は結構うまくやっていけると思わないか？　恭のプライベートは尊重しているだろ。あとはもう少し互いの気持ちを近づけ合えばいいだけだ。それには手っ取り早く体を重ねるのが一番だと思うんだけど、どうよ」

「あいにくですが、陽介さんと友情以上のものを育てようとは思っていませんよ。誤解のないように言っておくなら、陽介さんだからじゃないです。他の誰ともそんなふうには思っていないということです」

恭の頑な態度に陽介はいつものように肩を竦めてみせる。こんなわかりきったやりとりを毎夜繰り返していて何が楽しいのか知らないが、本当に懲りない男だと思う。

狙った獲物からあっさりと身を引いているようじゃ、ヤクザとして名折れなのかもしれないが、素人の男相手にここまで熱くなるのもまたスマートな彼らしくない気もしている。

「なぁ、そんなふうに心にバリケードを張ったままで生きていてもつまらねぇだろ。人間生きているうちにやりたいことをやったほうが勝ちだ。それとも、死ぬ間際にあれこれ後悔する人生を送りたいのか？」

そう言いながらベッドから立ち上がった陽介は、恭のそばまできて腰に手を回してくる。

「こう見えても、充分にやりたいことをやって生きているつもりですけどね」

パジャマの上から恭の体のラインを確かめるように撫でていく陽介の手。その優しげな手の動きとは裏腹に、彼の目が一瞬鋭く恭を見つめる。

「嘘つけ。いつまでも過去を引きずっていて楽しいのか?」

いきなりそんなふうに問われて、ぎょっとしたように身を引こうとする。だが、陽介の手に力が込められた。

「な、なんのことですか?　俺の過去がどうしたっていうんです?」

強がって訊き返した声は少しだけ震えていたかもしれない。

「恨みがあるなら晴らしてやろうか?　恭がもし本気で望むなら、その男始末してやってもいいんだぜ。なぁに、誰にもばれないように完全にこの世から抹殺してやるよ。だから、面倒な過去なんかもう忘れちまいな」

今度こそ陽介の腕を振り払った。自分の苦い過去は誰にも話していない。海外に飛び立った叔父以外誰も知らないはずだ。なのに、陽介は何もかも知っているとその目で伝えていた。

(ああ、そうか……)

陽介は何もかも調べていて、恭の過去についてもすべて知っていたのだとわかった。

知っていて、知らないふりでこれまで涼しい顔でつき合っていたのだ。どこかヘラヘラとした様子で、どこまで本気でどこまで冗談かわからないように口説き続けていたのも、結局は恭の過去を知っていたから無理強いをしたくなかったのかもしれない。

けれど、今になってかけひきのためのジョーカーを出してきた。まさに、絶妙のタイミングだったと言えるだろう。

陽介に対して、なぜ勝手に自分のプライベートを探ったりしたんだと詰め寄ったり、なじったりする気にはなれなかった。

ヤクザ者の陽介にそんなモラルを求めるくらいなら、そもそもつき合いを続けていたこと自体が間違っている。もっと早くこの男から身を引いていればよかったのだ。

自分の身の回りにいることを受け入れていたのは他でもない恭自身だ。彼と知り合ってから三年あまり、甘えたり頼ったりしたことなど一度もないとは言えないから、恭はあえて何も言わずに自嘲《じちょう》的な笑みを浮かべただけだった。

「俺の過去の何を知っているっていうんです？　俺が今でもそんな過去に縛られているとでも？」

強がった言葉を聞いて、陽介はまるで壊れてしまった大切な人形を労《いたわ》るように恭の体を抱き締めてくる。

「俺に抱かれたらいい。全部忘れさせてやる。ドロドロになるまでこのきれいな体を……」

「この体をどうするつもりです？」

恭が問いかけたら、陽介が不敵な笑みを浮かべてみせる。

「虐《いじ》めぬいてやるぜ」

そのとき、恭は己の過去を知っていると言われたとき以上に背筋が凍りつくのを感じた。

自分がゲイだということなど隠すほどのことじゃない。もっと言葉にするのにはばかられることが自分にはある。この体はアブノーマルなセックスでしか本当の快感を得ることができないということだ。

恭の体を仕込んだのは過去の恋人だった。あの男を恨む気持ちは、自分を裏切ったことだけじゃない。むしろ、自分をこんな体にしてしまったことのほうが今となっては憎らしかった。

そして、陽介はそんな恭の性癖をすでに見抜いていたのだ。

「覚えているか？　初めて会ったとき言っただろ。俺達は同じ匂いがするってな。だが、俺達はまったく同じじってわけじゃない。俺は恭を満足させてやれる。泣いて喚《わめ》くまでその体を嬲《なぶ》ってほしいんだろ？」

耳元で囁《ささや》かれた言葉に恭の下半身がはしたなく反応しそうになる。

唇を嚙み締めて自分自身の欲望と闘っている恭の髪を一束つかむと、それを指に絡めながらもう片方の手で劣情を引き出そうとパジャマ下の股間に滑り込ませてくる。

「うっ、くぅ……」

小さく呻《うめ》きながらも、今ならまだしらばっくれることもできる。自分はそんな人間じゃない。痛みや羞恥《しゅうち》に快感を得るような淫《みだ》らな体をしているわけじゃないと突っぱねればいいだけだ。けれど、心よりも体が弱かった。正直に言うなら、飢えていたんだと思う。楽しみたいとか、まして誰か愛したいなどと思っているわけじゃない。なのに、仕込まれた体がまるで水を求める砂漠の草のようにそれをほしがっていた。

「泣いて喚くまでじゃ足りないんですよ。奴は俺を病院送りになる一歩手前まで責め立てたんだ。陽介さんにそれができるとでも？」

恭の心が開き直ってしまった。もう自分を止められない。陽介がどこまでやれるのか、彼自身で証明してみせればいい。

その途端、陽介の表情もまた変わった。人好きのするホスト顔が影を潜め、現れたのはどこか残酷な匂《にお》いのする裏の顔だった。そして、それこそが恭をゾクゾクと興奮させる顔だった。

陽介は携帯電話を取り出すと、舎弟の一人にかけている。

「例のもん、持ってこい。今すぐだ」

それだけ言って電話を切ると、ワードローブを開けて棚の奥から手のひらサイズのビニール袋を取り出し恭に投げて渡した。

「直腸洗浄だ。初めてなら手伝ってやるぜ」

「これくらい、自分でできますよ」

受け取った恭は髪をふいていたタオルを部屋の椅子に投げて、もう一度バスルームに向かう。もうあとには引けない。引く気もない。一度火がついてしまえば、この体はどうすることもできやしない。そんなことは自分自身が一番よく知っている。

バスルームの洗面台で広げた直腸洗浄のセットを見つめながら、初めて同じものを手にした日のことを思い出している。

あれはまだ恭が医学部の二年に進級したばかりの頃だった。

同じ学年にいた一人の学生と恋に落ちた。彼の名は榊原《さかきばら》といい、裕福な家庭で育ったせいで少々傲慢なところもあったが、それもまた恭には魅力的に映っていた。

同学年でも常にトップクラスの成績を上げていた榊原だが、意外にも実家は医者ではなく、ただ単に優秀な頭脳でこの道に進んだという。恭もまた実家が医者ではなく、己の志だけで医師を目指していたこともあり、榊原とはなんとなく意気投合する部分があった。

そんな二人が互いを意識するのにあまり時間はかからなかったが、決定的に深みにはまっていったきっかけは、医大の二年に上がったばかりのときの飲み会でのことだった。

酔った勢いで一緒に帰る途中に場末のホテルへと飛び込んで、その夜から二人のただれた関係が始まった。

少しばかり陽介に面影が似た榊原は、人好きのする容貌《ようぼう》の下に猟奇的な趣味を隠し持っていて、恭と同じ歳でありながら性的な経験はずいぶんと成熟したものがあった。

そんな彼の悪魔的な愛情は、恭の心の奥に眠る淫靡《いんび》な性癖を次々と暴き出してしまった。刺激的で淫らな性行為の数々に、恭はたやすく抵抗する術を見失ったのだ。

ともに医学生だったのも危険な行為に拍車をかけた理由だったと思う。恭の肉体が悲鳴を上げるぎりぎりまで責め立てて、ときにはいきすぎても医学的な知識のある榊原はきちんと手当てをしてくれた。

彼とのつき合いは医大の五年目を迎えるまで続いたが、その間に恭の体は自分でも呆れるほど際限なく開発されてしまった。

榊原の腕の中で、いっそ殺してと何度願っただろう。身も心も文字どおり縛られて、羞恥と堕落にまみれた自分自身が哀れなのにどうすることもできなくなっていた。

だから、こんな関係が一生続くわけなどないと心のどこかで冷静に割り切っていたにもかかわらず、ある日突然彼から別れを言われたとき恭は感情のコントロールができなくなってしまった。

数年前なら当たり前のようにしていた直腸洗浄を久しぶりに自ら施しながら、苦い過去を思い出す。

片目の視力を失い、医学の道を捨てた理由も全部そこにある。

榊原は医学部の最終学年を前にして、恭に別れを持ち出したのだ。大学の教授の娘と交際を始めたことが理由だった。実家が医者でない榊原にしてみれば、大学病院の教授の肩書きを持つ人間とのコネクションを切ることなどできるわけもなかった。

ようするに、榊原は己の野望のためなら自分の性癖を押し隠しても女を抱ける男だったのだ。

榊原の何を信じていたわけでもない。ただ、若い自分の体と心があさましい欲望に流されただけ。そう納得しようとしていたのにもかかわらず、最後の最後に彼と向き合ったとき、恭はたまらず榊原に対して悪態を吐《つ》いてしまった。

なぜなら、恭が聞きたくなかった言い訳を榊原が口にしたからだ。

『しょせん、男同士じゃどうにもならないだろ。なんなら、結婚してからまた遊べばいい』

自分が純情だなどと夢にも思っていなかったが、その言葉を聞いた瞬間に恭は身も心もあれほど引きずられてきた男に見切りをつけた。

『どうせなら、結婚する前にばらしてしまえばいいじゃないか。男の体を嬲ってしか興奮できないってね』

もちろん、本気じゃなかった。だが、榊原にしてみれば、恭の存在が自分の出世の道を阻む悪魔のように思えたのだろう。

さんざん、自分が好きなように仕込んでおいて勝手極まりないが、それでも愛情がその瞬間に憎しみに変わったのがわかった。

恭の憎まれ口に対して、榊原は平手を上げた。打たれた頰《ほお》はさして痛くもなかったが、研究室のデスクのそばにいた恭はその勢いで崩れ落ち、検査薬の試験管立てを肘で突き飛ばしてしまった。

そのうちの一つが床に落ちてきて、中からこぼれた検査薬が弾《はじ》けて飛んだのは不運だったとしかいいようがない。

薬はちょうどその場に倒れ込んだ恭の左目に直撃し、激痛とともに目の前が真っ暗になった。片目が焼けるような痛みに悲鳴を上げた覚えはある。だが、その後の騒ぎはもうどうでもよかった。

恭は入院して目の治療をしたが、左目の視力は元に戻ることなく、眼鏡《めがね》で矯正するしかなかった。外傷と同時に受けた心の傷は一時的なうつ病を引き起こし、約一年の間誰とも口をきくことができなかった。

医学の道は諦《あきら》めた。望んでいた脳外科医の道はこの視力と精神状態では、とてもじゃないが達成できるとは思えなかったからだ。

夢も希望も失ったとき、たった一人恭の心を開きにきてくれた人物がいた。それが、叔父であり、彼の勧めがあったから整体師の資格を取る気にもなれた。恭なりの懸命な努力の果てに得た平穏な生活が今の青山整体院なのだ。

あれからというもの、恋人だった男のその後のことは耳に入れないように暮らしてきた。もう、六年も前のことだ。いまさらどうでもいい。そう嘯《うそぶ》いていながら、彼が恭を裏切ってまでつき合った女性と結婚し、今では将来を嘱望される外科医として活躍しているということくらい知っている。

人生の明暗はこんなふうにして別れていくものなのだ。恭はあの頃のことを思い出すと、今でも夜中に叫び声を上げて目を覚ますことがある。

第二の人生を叔父によって与えられ、このままきっと自分は穏やかに暮らしていけると思っているにもかかわらず、この歳になっても自分はしょせん欲望を捨てきれない獣なんだと思い知らされる。

この獣を抱く勇気があるなら好きにすればいい。恭がバスタオルを腰に巻いて部屋に戻ったとき、陽介はドアのところで自分が呼び出した舎弟から何かを受け取っていた。

黒い大きなアタッシェを手にした陽介は淫らでいて、柔らかな笑みを浮かべている。どれほどのことを恭に強いる気なのかは知らないが、弱音を吐いて自分から逃げ出すつもりはない。

「さてと、何からがいい？　縛って打って、体の奥の奥までかき回してやるぜ」

そう言うと、ベッドの横のテーブルでアタッシェを開いた。中には案の定、責め具がずらりと並んでいた。どれも見覚えのあるもので、驚くことも怯《おび》えることもない。

ただ興奮に武者震いがして、恭は眼鏡をゆっくり外してから腰のタオルも取り去った。

「もう若いわけでもないですけど、少々のことでは音を上げるつもりはないですから」

裸で立つ恭を見て、陽介は軽く舌なめずりをしてみせる。

「育っている途中のガキの体なんか興味ねぇんだよ。それよりも、想像していたよりずっといい。もっと華奢なのかと思っていたが、それなりに筋肉もついているし、責めがいがありそうだ」

だったら、この身が崩れ落ち、心が快感に溺《おぼ》れきるまで嬲ってくれればいい。

重なってきた唇を、今夜は自ら大きく開いて受けとめる。舌を絡め合い、唾液《だえき》をすくい取り、濡れた音を響かせて気持ちの高ぶりを伝える。

もう今夜はどうなってもいい。恭の中の飢えた獣を目覚めさせたのは陽介なのだから、彼がすべての責任を負えばいい。恭はどこまでも淫らに落ちていくだけだ。

◆
◆

体の中に何かが押し込まれる感覚は久しぶりで、痛みさえも懐かしく感じていた。

「案外硬いな。遊んでなかったってことか？　こんな体でよく辛抱していたもんだ。自分でも突っ込みたくなったりしなかったのか？」

そんな問いかけに答える余裕がないわけじゃないが、ボールギャグを噛まされている状態では何も言えないだけだ。

押し込まれているのは肛門拡張器の類《たぐい》だとわかっている。前には三連リングのコックハーネスが装着されていて、すでに勃起しきっているペニスをぎちぎちに締め上げている。

その窮屈さが快感で微《かす》かに尻を振れば、陽介の笑う声が聞こえる。だが、彼がどんな表情でいるのか見ることはできなかった。

首輪と手錠の一体型のもので拘束されている恭の上半身は床に這わされていて、足枷《あしかせ》には鉄パイプが渡されて足を閉じることができないよう固定されている。

この格好では振り向けないという理由もあるが、目隠し用のソフトレザーバンドをしっかり巻かれているので、暗闇の中で周囲の状況を想像するしかない。

体を支えるために顔と手を床に擦りつけている状態で、無防備な腰だけが高く持ち上げられ、器具を呑み込んだ恭の体が興奮に震える。

「いい格好だ。普段のすました姿を知っているだけにたまらねぇな。前もメチャクチャ喜んでるぜ。ハーネスがこんなに喰い込んでいるのに、それでも先っぽから漏らしてるじゃねぇか。どんだけ淫乱なんだよ」

言葉で嬲られるとき、恭は日頃の仮面を引き剝《は》がされる羞恥に下腹から疼《うず》きが込み上げてくるのを感じる。そして、もっと徹底的にこの身を暴いて、圧倒的な力で有無を言わせずに支配してほしいと思う。

九鬼が乾ききっているという自分の裏には、これほどまで性に貪欲《どんよく》な獣がいる。隠しておきたい自分を引きずり出されるとき、後先のことなど考えず何もかも自らさらけ出してしまいたくなるのだ。

「ぐぅ……っ。ううっ」

呼吸をするのが精一杯の口元から唾液とともに微かな呻き声を漏らす。

「わかってるよ。こんなもんじゃ足りないってんだろ。お楽しみはこれからだ。存分に嬲ってやるから、安心して泣き喚きな」

そう言った陽介が高く持ち上げられた恭の尻を交互に撫でていたが、やがてそこにひんやりとしたレザーの房のような感触が掠《かす》めていった。

次の瞬間、空気を切る鋭い音がして鋭い痛みが臀部に落ちてきた。広い範囲を撫でるように打っているのは、レザーのバラ鞭《むち》だとわかった。

痛みはあるが、この程度ならまだお遊びの範疇《はんちゅう》だ。恭はじっと背筋を仰《の》け反《ぞ》らせて肌が打たれる感触を味わう。

何度も振り下ろされているうちに痛みは麻痺《まひ》して、快感だけが体に残る。

だが、恭の体が快楽に溺れていると陽介の手が一瞬止まり、彼の足が恭の臀部にかかって少しだけ前に押し出すようにした。

より屈辱的な格好で股間を向き出しにしたまま次の一発を待っていれば、残酷な笑い声が頭上から恭の耳に届く。何か企んでいることはわかったけれど、恭には抵抗することなどできない。

「可哀想にな。タマのほうが縮み上がってるぜ。ここだけは打たれたくないとみえる」

どんなに高ぶりを感じていても、やはり痛みに対しては本能的に身を守ろうとするから、体に力がこもって睾丸が持ち上がる。

だが、陽介は次の一発で容赦なくバラ鞭を剝き出しになった睾丸めがけて振り下ろした。

「うぐっ」

さすがに痛みで体が前のめりに倒れそうになる。そこに追い打ちをかけるように、二発、三発と立て続けに鞭がくる。

「ぐっ、ううっ、んん……っ」

短い声をボールギャグの空気穴から漏らしながら懸命に腰を上げていた恭だったが、やがては痛みと疲れに屈したように体をべったりと倒してしまった。

うつ伏せになったまま、それでも首と両手を繋がれ、両足は閉じることのできないままの恭を見下ろしながら陽介が言う。

「もうへばってんのか？　口ほどにもないな。それとも、俺のことを嘗《な》めてんのか？　ちょっと泣きを入れたら許すような甘い人間だとでも思ってんのかよ？」

本来の彼がどうなのかは知らない。けれど、この三年の間、一緒にいて陽介がヤクザ者だと強く意識することはなかった。口では乱暴なことを言いながらも、常に紳士的であったのは事実だからだ。

けれど、今の彼は恭の全身が興奮でゾクゾク震えるほど冷酷な態度をみせてくれている。

過去の恋人のように誰も自分を責められないと思っていたが、どうやら陽介は期待以上のサディストだったようだ。

打たれた下半身が痺《しび》れているのを感じながら身を捩《よじ》っていると、陽介の手で髪をつかまれて体を起こされる。今度は陽介の腰に向かって膝立ちになったところで、口にはめられていたボールギャグが取り払われた。

「ああ……っ」

自由になった口から漏らしたのは、長い吐息だった。そんな恭の頬に生温かいものが触れた。目隠しされたままでも、すぐに陽介のペニスだとわかった。

「しゃぶれよ。それだけ体が仕込まれてんだから、口のほうもそれなりにやれるんだろう」

言われなくても、口の前に持ってこられたら迷わず頬張るつもりだった。むしろ、こんなに早くそれを与えられたことに内心ほくそ笑んでいたくらいだ。

唇と舌を使って陽介の思っていた以上にりっぱなものをたっぷりと嘗め上げてやる。先端に舌先を押しつけるようにして刺激を与えては、大きく口を開いて喉《のど》の奥近くまで全体をくわえ込む。

期待された以上に巧みに愛撫《あいぶ》をしているつもりだったが、それでもまだ足りないとばかりに陽介の手が恭の髪をつかみ、強引に自分の股間に押しつけようとする。

「ううっ。くぅ……っ」

苦しくて目隠しのレザーバンドの下で生理的な涙がこぼれているのがわかる。それでも陽介の手は容赦がない。自分のいいように恭の口を使い、快感を貪《むさぼ》ろうとしている。

まるでこの体が奉仕するためだけの道具になったようで、無体に使われれば使われるほどに

恭自身のペニスも張りつめていく。

下半身はジリジリと限界を訴えはじめていたが、こんなもので許されるわけはないとわかっている。今はとにかく陽介をいかせてしまわなければならない。それができなければ、次の快感も与えてもらえないからだ。

呼吸が詰まるのにも耐えながら、必死で陽介自身に刺激を与え続け、やがて微かな痙攣《けいれん》を恭の舌先が察知したときだった。

いきなり目隠しが外されて眩《まぶ》しさに恭が目を細める。髪はまだつかまれていて、顔を背けることができないまま陽介が低く呻くのを聞いた。

と同時に、恭の顔面に陽介が放ったものが飛び散った。目や鼻や口に入っても、それを手で拭《ぬぐ》うこともできず、恭はうっとりと陽介の顔を見上げる。

「いい顔になったな。普段よりずっと色っぽいぜ。診療所にいるときもそんな顔してりゃ、可愛げがあるのに。もっとも、この体目当てのヤバイ患者ばかり増えても困るけどな」

精液で汚れた恭の顔を見て笑いながら、陽介はもう次の責め具に手を伸ばしている。畳み掛けるように責められるのはいい。よけいなことを考える暇を与えられないでいるほうが、ずっとプレイにのめり込めるから。

「さてと、そろそろ中のオモチャじゃ物足りなくなってきただろ」

そう言うと、陽介は恭の体を無理矢理立たせたかと思うと、縛られて歩きにくいのを承知の上で引きずるようにベッドのところまでつれてくる。

そこでまた上半身をベッドに倒すようにして、腰を突き出すように強いられる。

「あっ、ああ……っ」

それまで押し込まれていた拡張器が引きずり出される感触に、たまらず声を上げる。

「いい具合に弛《ゆる》んできているな。どれ、中のほうまで見せてもらおうか」

目隠しは取られているが、今度は何をされるのか振り向いて確認する気はなかった。何をされたところで、逃げることはできないのだから、このままの体勢で待っているだけだ。

じっと横たえている体がビクリと緊張を取り戻す。陽介の手が恭の尻にかかり、そこを広げ、潤滑剤の濡れた感触とともに新たな器具がゆっくりと押し込まれるのを感じた。

拡張器ではない。金属製の何かだった。

「中が真っ赤だ。まるで熟れた石榴《ざくろ》ってところか。こんなところで感じてるんだな。今度は何を突っ込んでほしい？」

恭の体の中を見ながら語るのを聞いて、肛門鏡を使われているのだとわかった。

ひどく羞恥を煽《あお》られる行為ではあるが、これも過去に経験済みだ。だが、恭の敏感な場所を外気に晒《さら》しながら、陽介は片手にした携帯電話のカメラでそこを撮りはじめた。

「あっ、いやだ。それは、しないでくれ……」

どんな淫らな真似でも拒まないが、証拠の残ることは勘弁してほしかった。

「本気で言ってんのか？　するなって言われたらするよ、マジで。恥ずかしいことをされんのが好きなんだろ。だったら、嬉しくてしょうがねぇだろ。普通なら絶対に人に見せないようなところを広げられて、写真で撮られてるんだ。ハーネスを外したら、これだけでもいけるんじゃないか？」

ささやかな抵抗を心底あざ笑うように言われれば、その言葉に反応するようにまた張りつめたペニスがハーネスに喰い込むのがわかる。本当に自分のこの体はどうしようもないのだ。写真など残されたら後々面倒の元になるとわかっているのに、それでも陽介の言うように辱《はずかし》められるほどに快感の渦に呑み込まれていく自分がいる。

「今度この写真を九鬼の旦那に見せてやるか。あのオヤジ、地団駄踏んで悔しがるだろうな。それとも、もうスケベオヤジには喰われたあとか？　それでも、俺ほど責めてはくれなかっただろう？　なぁ、どうなんだよ？」

こんなことをしているときに九鬼の話はしないでほしい。彼とは一度もそんな関係になったことはないが、きっと九鬼のセックスはノーマルだと思う。

淫らな恭の性癖を知っても平然と振る舞うくらいの余裕はあるだろうが、これまでどおり口説いてくるのかどうかは正直怪しいと思っていた。

「九鬼さんとはそんな関係じゃない……」

恭は短く否定の言葉を口にしたが、陽介が信じているのかどうかわからない。

「こんな関係じゃなけりゃ、もっと清い関係だってか？　普通にキスして、普通に抱かれて、それで満足しているふりしてんのか？　だったら、相当笑えるな」

「そ、そうじゃない……。ううっ」

ようやく肛門鏡を引き抜かれたが、体の中には異物感がある。開いた状態で、何かボールのようなものを押し込まれたようだ。

「あっ、な、中に何かある。何……？」

たずねた途端、下半身がビクビクと震え出した。小型のローターを入れられたらしい。その振動の激しさに恭はたまらず呻き声と喘《あえ》ぎ声を交互に漏らしてしまう。

「さてと、このままもう一遊びしてしまおうか。そうしたら、ハーネスを外してやるよ。そのローターをくわえ込んだままじゃ、すぐに我慢にも限界がくるだろうからな」

どの行為も初めてではないにしろ、久しぶりの責めに恭の体は確かに限界が近かった。

ベッドに上半身を倒していた恭の髪を引っ張ると、膝立ちで背中をきちんと立てているように指示して、陽介はアタッシェの中から新たな鞭を取り出してきた。わざと恭の目の前に見せつけてきたのは、編み込みの一本鞭だった。

「さっきまでのお遊びとは違って、今度はちょっとばかりくるぜ。しっかり体を起こして、歯喰い縛ってなよ。もし体を倒したらまたタマを打つからな」

耳元でねっとりと囁く声に恭が覚悟を決める。

バラ鞭の痛みなら呼吸次第で声を漏らすことなく耐えられるが、一本鞭の痛みは慣れていても声が出てしまう。まして睾丸を打たれたら、確実に失神してしまうだろう。

絶対に体を倒すわけにはいかないと自分に言い聞かせて、振り下ろされる鞭の痛みを待ちかまえていたら、一瞬タイミングをずらしてから衝撃がやってきた。

「ううっ、くぅ……っ」

陽介の責め方に意外なまでの巧みさを感じながら、背中の皮膚が焼けるような熱さに身悶《みもだ》えた。頭の奥がじんと痺れて、眩暈《めまい》とともに体が前に崩れ落ちそうになる。

「まだ一発しか打ってねぇよ」

陽介が恭のだらしなさを笑うように言った。恭にも意地があるから必死で上半身を起こすと、突然体の中のローターの振動が強まるのがわかった。

リモコンで操作して、わざと体を倒すように仕向けているのだ。

「ううっ、あっ。ああ……っ」

激しいせめぎ合いの中で、恭はだらしなく開いたままの唇から呻き声をこぼす。

虚《うつ》ろな目でダークグリーンのベッドカバーを見つめながら、一発、また一発と打たれるごとに息が荒くなり、最後には悲鳴とも嬌声ともつかない声を上げていた。

けれど、そんな攻防にも負けず歯を食い縛る恭に陽介がたずねる。

「いきたいだろ？　限界ならそう言ってみな。いかせてくれって懇願してみろよ」

高ぶりはとっくに限界を越えている。止まらないローターの振動と強烈な背中の痛みに恭は意識が朦朧《もうろう》とするのを感じていた。

「まだだ。もっと打って……」

「ああ？　なんだって？」

「もっと打って。まだ足りないから……」

絞り出した恭の声を聞くと、陽介はいよいよ呆れたように鞭を投げ出して冷笑を浮かべながら言う。

「とんでもねぇ奴だな。ザーメンかぶったままで腹の中をかき回されて、さんざん鞭で打たれて、それでもまだ足りないってか？」

髪をつかまれたままガクガクと首を縦に振る。

「このド淫乱が。俺が突っ込むまで待ってなよ」

さっき一度出した陽介もまたきつくなってきているのだと思う。恭の上半身を乱暴に突き飛ばしてベッドに倒してしまうと、持ち上げた尻の間から性急にローターを引っぱり出した。

「あぅ…っ」

取り出されたローターはまだ振動を続けたまま床に投げ出される。それでもまだ手足の拘束とハーネスは外してもらえない。

背中から覆い被《かぶ》さってきた陽介が、コンドームを施した自分自身に手を添えて開ききった恭のアナルに入ってくる。ゴム一枚を隔てているとはいえ、これまでとは違う生身の温かさが伝わってきて、恭は甘い声を上げた。

「ああ、いいぜ。中がビクビク動いているのがわかるか？　まるで俺のコックに喰いついてくるようだ」

「お願い、前も触って……」

「うるせぇよ。都合のいいことだけねだってんじゃねぇ。もう少し俺のやりたいように楽しませろ」

そう言うと、陽介はハーネスの喰い込んでいる恭のペニスを痛めつけるようにきつく握り締める。

「あぁっ、あっ、うぅ……っ」

少々のことでは弱音は吐かないつもりだったけれど、ここまでの責めは何年ぶりかわからない。自分でも気づかないうちに、どっと涙が頬を伝っていた。

嗚咽《おえつ》を漏らしながら、それでもひたすら陽介が自分の中で達するのを待っていると、なぜか動きがゆっくりになっていくのがわかった。

まだまだ陽介はいかずに恭を嬲るつもりなんだろうか。少しずつ遠のいていく意識の中で、陽介が囁くのが聞こえた。

「恭、よく頑張ったな。そろそろ褒美をやるよ。好きなだけいきな」

その言葉とともにハーネスが外されて、解放された安堵《あんど》感から大きな吐息を漏らしたら、同時に股間が弾ける。

粘り気の多い精液が飛び散ってシーツを汚したあと、ドロリと太股《ふともも》にまでたれていく。そのとき、同じように体の中にも陽介のものが放たれるのがわかった。

淫らに濡れていく自分の体が陽介の腕の中で溶けていくようだった。この感覚が何にもまして恭を夢中にさせるのだ。

ここまで誰かに支配されて、ようやく心地よく果てることができる。それくらい自分という人間はどこか不安定で、心許ない生き物だった。

ぐったりとベッドに寄り掛かる恭の手と足からそれぞれ枷を外した陽介が、腰から体を持ち上げるようにしてベッドの上に寝かせてくれる。

そのときもまだ恭のペニスは小さく震えていて、それを陽介がそっと握っては精液を絞り出すように擦る。

「んんっ、あ……っ」

両手両足は自由になったというのに、まだ動くことを思い出せないように恭は身を捩る。

「まだいけそうだな。おまえは本当にいい体をしてるよ。その美貌のうえに、これだけ楽しめるなんて思ってもいなかったぜ。やっぱり、俺の目に狂いはなかったってことだ」

満足そうに言う陽介は恭の上に体を重ねてきて、まだ汚れたままの顔をいとおしそうに撫でると口づけをした。

ようやく自分の手を動かして、恭もまた陽介の背に手を回す。

深い口づけを二人して貪り合ったあと、恭は微かな笑みを浮かべて言った。

「そういう陽介さんも相当なものですよ。たいした鬼畜っぷりじゃないですか。普段のヘラヘラした顔とは大違いだ。すっかり騙《だま》されていましたよ」

「誰だって裏の顔の一つや二つはあるもんさ。それでもみんなすまして表の顔で生きてんだよ」

ヤクザ者にそんなことを言われても納得する気もしないが、この体が満たされたのは事実で、今は陽介に身をまかせたことを後悔はしていなかった。

恭は胸の上の陽介をどかしてゆっくりと体を起こすと言った。

「シャワーを浴びてきます。顔も体もドロドロで気持ちが悪い」

すると、陽介もベッドを下りてきて恭と一緒にバスルームに入る。

「俺が汚した体だ。俺の手できれいに元通りにしてやるよ」

陽介はすっかりいつもの優しい彼に戻っていて、バスルームで恭の体から髪まで丁寧に洗ってくれた。

セックスのときの責め方もそうだが、陽介という男は心底マメで、気に入ったことに対して手間を惜しまない。

そういうところはけっして嫌いではない。だから、一緒に浸かった湯船ではまた体を重ねる。今度はなんのプレイもなく、純粋に互いの体を求め合った。

「どうよ、今夜は手加減してやったけど、恭が望むならもっと泣かせてやれるぜ。体の相性もいいし、俺達はいい番《つがい》になれると思わないか？」

湯の中で体を繋げながら陽介が問いかける。体の中に熱いお湯が入ってくる感覚に身悶えて答えずにいると、陽介は恭の乳首を虐めるように摘み上げた。

「もしかして、九鬼の旦那のことが気になってんじゃねぇだろうな」

見当違いのことを疑っているので、恭は快感に喘ぎながらも笑みを漏らす。

「俺は誰のものにもなりませんよ。俺の過去についてどのくらい調べたのか知りませんけど、もう懲りているんです。男同士で番になんかなったって不毛なだけですから。陽介さんもさっさと肝の据わったいい女を見つけて、四代目を作ることを考えたほうがいいですよ」

今宵は淫らなときを共有したけれど、だからといってすべてを許す気持ちになったりはしない。それに、九鬼のことは本当に何も関係ない。

「四代目なんぞ誰が作るか。ヤクザの血筋なんか俺が絶ってやる。だから、女なんかいらねぇんだよ」

陽介の投げやりな言葉を聞いて、恭は忍び笑いを漏らす。

自分はりっぱに組を継ごうとしているのに、やっぱり陽介は極道者として生きていくことが本意ではないのだ。実際、極道でなくても何をやってもそれなりに成功するだけの知恵もあれば、要領のよさもある男だ。

世間から後ろ指さされるような組織を背負うのも、三代目の一人息子として生まれてきたからであって、彼の中にはこれまでにも深く重い葛藤《かっとう》があったのだろう。

だが、ここまではっきりと苦悩の連鎖を断ち切ろうと企んでいたとは知らなかった。

確かに陽介とのセックスでは充分すぎる快感を得たし、体の相性がいいというのも本当だと思う。けれど、恭の心は簡単に誰かとの結びつきを求めようとはしない。陽介が心配しているような九鬼との関係だって同じことだ。

もっとも、九鬼とはこんなただれたセックスをすることなどないだろう。そう思ったとき、ふと恭の心に奇妙な思いが過《よ》ぎった。

自分は九鬼と体を重ねられないことを残念に思っているんだろうか。彼とは大人の駆け引きを楽しんでいればいいと思っているけれど、いつしかそれだけでは物足りないと感じるようになるんだろうか。

陽介に抱かれたことで、自分の中で何かが変わってしまったとしたらどうしたらいい。

「ああ……っ」

陽介が腰を突き上げて恭の中を抉《えぐ》る。濡れた髪を振り乱しながら呻き声を上げ、恭は九鬼のことを脳裏から振り払おうとする。

今だけは陽介の腕の中で快感に溺れていればいい。そして、明日になれば表の顔の自分に戻り、何もなかったように院へ行く。

恭を縛る過去は日々色褪《いろあ》せながらも、けっして心を完全に解放してはくれない。だから、誰かにこの心を預けることはできないのだ。

臆病な自分を笑いたければ笑えばいい。陽介が言ったように人には裏の顔の一つや二つはある。

恭の表の顔は青山整体院の整体師であり、裏の顔では淫らなセックスに溺れている。だが、もう一つある自分の顔だけは誰にも見せはしない。

誰かを恋しいと思い、誰かの腕をほしいと思い、いつも温もりに飢えて縋《すが》れる胸を探している弱い自分だけは誰にも知られたくなかった。

◆◆

体を重ねたからといって、翌朝から二人の間に甘い空気が流れるなんてことはない。

恭《きょう》はフェラーリで送ってくれた陽介《ようすけ》に素っ気ない礼を言って別れる。

わざわざ車から降りてきてキスをしようとしてきたときあっさり体を返したのは、べつに照れていたわけじゃない。すでに院の前には県警の張り込みの車が停まっていたからだ。

県警でも有名な藤森《ふじもり》の跡取りと怪しげな関係だなどと思われたくはない。身勝手だと言われても、正直なところこれ以上の面倒は真っ平だった。

院ではいつもどおり掃除や診療前の準備をして、コーヒーを淹れる。

白衣を着て何喰わぬ顔をしているけれど、実は昨夜さんざん鞭打《むちう》たれた背中や腰がヒリヒリと痛んでいる。眠る前に陽介が消毒して塗り薬をつけてくれたが、一晩で傷が癒《い》えるわけもない。この痛みは快感のツケのようなものだから、仕方がないとむしろ笑みさえ漏らしていた。

新聞を用意してデスクに腰掛けたところで、電話が鳴った。診療時間前にも予約の電話がかかってくることはよくある。馴染《なじ》みの患者は恭が九時には院に入っていることをちゃんと知っているのだ。

だが、電話に出てみると、それは診療の予約の電話ではなくガス会社からだった。今日の午後に古いガスメーターを新しいものにつけかえにくると言う。

夜の七時までなら必ずいると返事しておいて電話を切ると、その日の新聞に隅々まで目を通す。あれ以来通り魔事件についての記事はない。

その後の捜査状況のあらましは九鬼《くき》から聞かされているが、やはりシオンの出どころを特定するのはかなり困難な作業らしい。

組織が関わっていないということは、陽介の言っていたチームを名乗っているチンピラの可能性が高いと思われたが、そんな連中は横浜《よこはま》には石を投げれば当たるというくらいいる。

はぐれ者同士がほんの二、三人で手を組んだだけで、もうチームとして活動しはじめるのだから、それこそ警察の手がいくらあっても調べ切れないというのが現状なのだろう。

恭がいくらヤキモキしてもしようがない。九鬼達もやれるかぎりのことはやっているのだし、院の警護も怠らず出向いてくれているのだから、県警を信用して朗報を待つだけだ。

午前の診療は馴染みの患者が五人。もう一人くらい詰め込めないこともないが、適当な施術はしたくないのでこの人数で精一杯だ。

今日も昼休みを三十分ほど喰い込んだところで最後の患者が帰って、一息ついたところで白衣を脱いで外に食事に出ようとしたときだった。

ガス会社の制服を着た二人の男が院を訪ねてきて、恭は今朝メーターの取り替えについて電話をもらっていたことを思い出した。

これから作業をしたいというので、どのくらいかかるのか訊けば三十分程度だと言う。それなら、院にいてカルテの整理でもしていればいい。

昼食はコンビニで買ってきて手早くすませれば、午後の診療にも差し支えはないだろう。

恭はガス会社の男二人をガスメーターの設置されている裏口へと案内した。外から回ってもらってもいいが、待合室からなら施術室横の事務所を通り抜ければ裏口のドアのそばに設置されているメーターのところへ行ける。

「事務所にいますから、終わったら声をかけてください」

恭はそう言い残して事務所に戻ると、デスクワークを始める。健康保険の請求のための医療事務は月に三回ほど専門の人を雇って処理してもらっているが、それ以外にも経理上の作業は少なからずある。

叔父に雇われていたときと違って院の代表となったからには、税金のことや役所に届ける書類など、あれこれと雑務も全部自分でやっていかなければならないのだ。

恭が領収書の整理を終えて、ノートパソコンの会計ソフトを開き、今月の院の支出表を確認しながら新しいデータの打ち込みをしているときだった。

すぐ向こうで作業をしている男達の声が聞こえてきて、間もなく終わるのだろうかとその会話に耳をすませた。そのとき、何か違和感を覚えて恭がキーボードを叩《たた》く手を止める。

二人の作業員の声は聞こえているのに、なぜかその内容が理解できない。一瞬、自分の頭がおかしくなったのかと不安になったが、すぐにそうじゃないと気がついて苦笑が漏れた。

会話のイントネーションがそっくりだからてっきり日本語だと思って聞いていたが、それは韓国語だったのだ。それなら意味がわからなくても当然だ。

昨今は韓国映画が地上波やケーブルテレビで当たり前のように流れているから、ぼんやりしているときにときおりこんな経験はしていた。なのに、比較的気を引き締めている院にいるときにこんな錯覚を起こした自分がおかしかった。

だが、次の瞬間、そんなことよりも奇妙なことに気がついた。どうしてガスのメーターを取り替えにきた作業員が韓国語を話しているかということだ。

恭はすぐに席を立ち、携帯電話を片手に待合室へと向かう。

この間の偽煙草《たばこ》の細工といい、なんとなくピンとくるものがあった。ガスメーターの工事にきた人間が韓国語を話していたからといって安直に疑いの目を向けたくはないが、今は物騒な状況に身を置いているのだから慎重に行動するべきだと思っただけだ。

恭は待合室に入ると、九鬼の番号を呼び出してかけてみる。何をどう説明したらいいのか、自分の中でも整理はついていないが、きっと彼の声を聞けば安心することができるはず。

なのに、呼び出し音が鳴り続けたあとには、留守番電話サービスの案内が始まった。

どうでもいいときはしつこく目の前に現れるくせに、肝心なときに電話に出ないなんて、役立たずも甚だしい。

そんな男と恋人になんか絶対になれないと思う。誰にも見せていない自分の第三の顔は、他のどの顔よりも正直で、寂しがり屋なのだ。

表と裏の顔を引き剝がした本当の恭はこの肉体に深い傷を与えてもらい、確かに所有していると知らしめてもらわなければ不安で眠れない。それほどまでに弱い自分だから、本気で心を預けたのにずっと遠くに行かれてしまったなら、悲しみで死んでしまうかもしれない。

電話にでない九鬼に恭は舌打ちをして、留守番電話サービスにメッセージを残す。

「恭です。この間の件ですが、やはり北朝鮮からの密輸ルート……」

話しながら院の外へ出て、警備の車の見えるところへ移動しておこうとした。その恭の判断は正しかったが、ほんの少し遅かったようだ。

事務所の奥から二人の男が飛び出してきたかと思うと、一人が恭を後ろから羽交い締めにした。携帯電話を片手に持っていたせいで一瞬反応が遅れてしまったのはまずかった。すぐさま身を屈《かが》めて投げ飛ばす直前に、前に回ったもう一人の男が鳩尾《みぞおち》に強烈な一発を入れてきた。

体が崩れ落ちる瞬間、手にしていた携帯電話が眼鏡《めがね》をはじき、もろとも床にこぼれ落ちた。痛みに朦朧《もうろう》としていく中、口がガムテープで塞《ふさ》がれ、両手足が縛られるのがわかった。刺激的なセックスは好きだが、こういうのは勘弁してほしい。

抵抗もできないままズダ袋を被《かぶ》せられたときはかなり焦ったが、二人の男の手によって裏口から担ぎ出されるままになるしかなかった。

裏口から出たなら、表に停まっている県警の車はこのことに気づかないだろう。案の定、恭は自分の体が車に放り込まれるのを感じて、絶望に目を閉じた。

こうなったらどんなに暴れても無駄だ。じっと目を閉じて神経を研ぎすまし、この車が院からどのくらいの距離を走るのか探るくらいしかできない。

院の前にいる私服警官も恭がこんな失踪《しっそう》の仕方をすれば、午後の早いうちに異変に気づいてくれるだろう。

ただ、彼らの目的は例の偽煙草のパッケージに入った薬だということはわかっている。あれはすでに九鬼に渡していて恭の手にはない。

そのことがわかれば、恭は彼らにとって無用の存在となり、即始末される可能性もあるということだ。

腹部の痛みと、不安と恐怖。いろいろなものが入り交じった状態でじっと目を閉じて九鬼のことを考える。陽介とは今朝まで一緒だった。もしこのまま無事に戻ることができなくなるのなら、最後にもう一度九鬼の顔を見ておきたかった。

恭の行方がわからないと報告を受けた九鬼はどんな顔をするだろう。正義感に溢《あふ》れた優しい男は、いつもとは違う凛々しい刑事の顔で心配してくれるだろうか。

死というものが少しばかり現実味を持って迫ってきたとき、自分が他の誰でもなく陽介と九鬼のことを思い浮かべていることになんとなく苦笑が漏れた。

彼らが自分にとってどういう存在かなんて言葉にはできない。あえて言うなら知人か友人、患者か家主というところだろうか。その程度の関係の彼らのことしか考えられないなんて、自分がどれだけ厭世《えんせい》的で刹那《せつな》的な人生を送っていたんだろうとおかしかったのだ。

だが、この状況は笑っている場合じゃない。院から連れだされて三十分くらい経っただろうか。車のサイドブレーキが引かれる音がした。信号での停止ではなく、完全に停まったのだとわかった。

この距離なら横浜を出ていないはずだ。捜索の範囲が狭いのは有り難いが、自分の居場所を知らせることができなければどうすることもできない。

車に積み込まれたときと同様に二人の男の手で車の後部座席から引きずり下ろされて、そのままの状態で建物の中に入ったのがわかった。粗い布の袋越しでも、わずかの間触れていた外気がまた遮られたのを感じたからだ。

じっと五感をすまして、周囲の状況をつかみとろうとすればいろいろなものを感じ取ることができる。

数年前に片方の視力をひどく落としてからというもの、確実に耳は鋭くなったと思う。だが、こうして危機的な状況になれば人間はすべての神経が研ぎすまされるものらしい。

エレベーターに乗ったのがわかった。建物は周囲に他の人の気配がしないが、マンションかオフィスビルだと思う。それも、あまり大きくなくて古い。

かび臭い匂《にお》いが微《かす》かに鼻をついて、エレベーターに乗っている時間はわずかだった。おそらく、三階か四階だろう。外廊下を少し歩いて、部屋の中に入った。

「おい、間違いなくあの整体院の奴か？」

部屋の奥から声がした。これは日本人だろうか。ガスメーターを取り替えにきた連中も仲間内では韓国語で話していたものの、日本語で恭と会話しているときはまったく日本人と変わりはなかった。だから、彼らのうち誰が日本人で、誰がそうでないのかの判断はひどく難しい状況だった。

「目隠しはしてあんのか？」

「いや、してないです」

「馬鹿野郎っ。ちゃんとやっとけって言っただろうが。まぁ、いいけどな。どうせ始末しなけりゃなんねぇだろうし」

聞きたくない言葉がいきなり耳に入ったかと思うと、ズダ袋を閉じていた紐《ひも》が解かれて両手足を縛られたままの不自由な体が床に転がされる。

眼鏡を落としてきたのでいつものようにはっきりと見えるわけではないが、実は細かい字が読めないくらいで、日常の生活にはそれほど不自由はない。

ここがマンションの一室だということはわかった。そして、目の前にいる男の容姿も、自分をここまで運んできた男達の顔もあらためて見ることができて、ようやく敵の存在を知った気がした。

　この部屋で待っていた男は携帯電話を片手に、恭の顔を見下ろしながら少しばかり意外そうに唇の端を弛《ゆる》める。

「整体院のもんだと聞いていたから、てっきり中年のおっさんかと思ったらずいぶんと若いじゃねぇか。間違えて患者の誰かを連れてきたんじゃねぇだろうな」

「例のものを拾ったのを、この目で見てますから。間違いなくこいつですよ」

「まぁ、いい。本人から聞けば全部はっきりするだろうからな」

　そのやりとりで、やはり連中の目的が偽煙草に入った薬だとわかった。そして、こいつらがとんでもなく危険なシオンを密輸し、売りさばいているということらしい。

　ガスメーターの取り替えにきた二人に指示を出し、横柄な口調で話している男がどうやらこの連中の中のボス格なのだろう。彼の一言で恭の口のガムテープを外されると、体が起こされてずばり問われる。

「おい、一週間ほど前に、煙草のパッケージを拾っただろう。あれは俺達のもんなんだよ。持ってるなら、とっとと返せ」

「院を家捜ししたんだろ。俺は持ってない。とっくに捨てたよ。空き箱だと思って、あの日のうちに裏のゴミ箱に入れちまった」

　すでに警察の手に渡っていることは言わなかった。それは、確実に命を縮めるとわかっていたからだ。だが、その場しのぎでついた嘘も通用しなかった。

　男は不敵な笑みを浮かべて恭の顔を見下ろすと言った。

「それはあり得ないな。あの日のゴミは全部調べたんだよ。裏のゴミ箱をひっくり返してな。その夜には整体院を家捜ししたが出てこなかった。だったら、あんたが持っている以外にねぇだろ」

　どう出るのが一番時間稼ぎになるのか、恭は懸命に考える。彼らは院に忍び込んで捜したが、恭の自宅は陽介の舎弟が見張っているために調べることができずにいるはずだ。きっとあの煙草はまだ恭の自宅にあると思っているのだろう。

　だったら、そう信じさせておくしかない。

　恭は開き直ったように男を睨《にら》み上げると、落ちてきた前髪を後ろに振り払うように首を振って言う。

「確かに、拾ったことは認めるよ。あの薬、なかなかいいじゃないか。あんた達がさばいているわけ？　だったら、もう少し分けてもらえないかな」

「もしかして、自分で使っちまったとでも？」

　男が片眉を吊《つ》り上げて訝《いぶか》しげに確認してくる。

「あの量じゃ、三回ともたなかったからな」

適当に答えれば、男が声を上げて笑ったあと吐き捨てた。

「あり得ねぇよ」

きっぱりと否定されて、恭は黙り込むしかなかった。

男は恭の前に座り、目線を同じ高さにすると不敵な笑みを浮かべていた。

「俺達がなんであんたを拉致《らち》してまで、あの薬を取り戻そうとしているかわかるか？　あの薬はマジでヤバイんだよ。一回使っただけで脳がやられちまう。だから、あんたが本当に使ったっていうなら、とっくに頭がイカレちまってこんなふうにまともに会話なんぞできてねぇよ」

陽介もシオンについてそんなことを話していた。やっぱりあれは噂《うわさ》だけでなく、真実だったということだ。

「そんなヤバイものを本気で売りさばこうとしたのか？」

「だから、あれは失敗作なんだよ。さっさと回収しちまわなけりゃならないってことだ。これ以上あれを使った奴らが問題を起こす前にな。わかったら、薬の場所を吐きな。自宅に隠してんのか？　それとも、他の場所か？」

そういうことかと納得したところで、恭はまた考えを巡らせる。いよいよ受け答えは慎重にしなければならないと思ったからだ。

「薬は俺の部屋にある」

「さて、どこに置いたかな。この一週間ほど自宅には帰ってないからな」

少しとぼけてみたら、強烈な平手打ちを受けた。

自分の特殊な性癖はともかく、こういう状況で殴られるのは心底頭にくる。

「あんたの部屋の前にウロウロしている連中がいるよな。あいつら何者だ？　ただの素人だとは思えないんだが」

もちろん、陽介のところの舎弟だから、ただの素人なわけがない。

「知らないいな。むしろあんた達の仲間かと思っていたけど。俺が自宅に戻らずにいたのも、身の危険を感じていたからだ」

恭の説明を聞いて、男はしばし考え込んでいる。自分達以外にも薬を狙《ねら》っている者がいるのかと訝《いぶか》しんでいるらしい。

「薬が必要だっていうなら、勝手に取ってくりゃいい。リビングのスタディデスクの引き出しに放り込んである」

「間違いないか？」

「拾ったその日にすぐにパッケージが奇妙なことには気がついた。だから、捨てずに持って帰ったものの、中味を見て正直厄介なものを拾ったと後悔していたんだ。警察に届けるかどうか悩んでいるうちにマンションの周囲に怪しげな連中がうろつくようになったから、そのまま部屋を出てしまった。あれがあんたらの仲間じゃないなら、ますます話がややこしくなるな」

だから、面倒なものをとっとと引き取ってくれというように肩を竦《すく》めてみせる。ほとんど嘘ばかりだが、ここで迷いを見せるわけにはいかなかった。

男は黙って恭の言葉を聞きながら、現状を把握してどう行動すればいいのか考えているようだった。その男の様子を見守りながら、恭をここへ連れてきた二人組も無言で待っている。

彼らの力関係を探るのはあとでいい。今は自分の目の前の男がどういう判断を下すのか、息を詰めて待っているだけだ。

男は小さく舌打ちをしたかと思うと、立ち上がって腕を組む。

「しょうがねぇ。どうにかして部屋を探るしかないな。ただし、薬が見つからなかったときは覚悟しておけよ」

つまり部屋を探すまでは生かしておくということらしい。

とりあえず胸を撫《な》で下ろしたものの、相変わらず自分が危機的な状況にあることに変わりはない。

九鬼は途中までになった携帯電話への伝言を聞いて、何か行動を起こしてくれるだろうか。あるいは、恭の部屋を見張っている藤森の舎弟の誰かがこの男達の存在に気づいてくれるかもしれない。

どちらもあまりにも薄い望みだったが、今の恭にはどうすることもできない。ただ、どんなに絶望的な状況であっても、最後まで希望は捨てないでおこうと思う。

九鬼と陽介が自分のために動き出したとき、恭自身が諦《あきら》めていたら助かるものも助からなくなる。

もう一度彼らの顔を見て、何か軽口でも叩けたら恭はまた少しだけ愉快になれるかもしれない。

明日にも命を落とすかもしれないというときに、考えるのは案外そういうくだらないことだった。けれど、その程度のことが今の自分の人生には似合っていると思っていた。

◆◆

不自由な格好で固い床に横になりながら、恭は遠い日の夢を見ていた。

まだ人生の野望に満ちていた頃の青臭い自分がいて、ひどく鼻持ちならない様子でいるのがわかる。

向き不向きなど関係なく、親が医者だったというだけで継ぐのが当たり前のように医大に入った連中とは志も能力も違う。

学年でも抜きん出た優秀さで、誰からも一目置かれていた。教授連中からも目をかけられていた。また、あの頃の恭は、自分の容姿にも少なからず自信を持っていたのだ。

男女を問わず親しくなりたいと近づいてくる者は多かったが、もとより女性には興味がなかったし、馴れ馴れしくされるのが面倒で無視していることがほとんどだった。

男の中に少しは食指の動く相手もいたにはいたが、どの男も一、二度遊ぶ程度で飽きてしまう。そんな中、同じ学年で唯一成績を競い合う男が榊原《さかきばら》だった。

榊原の猟奇的な趣味に気づいたのは、つき合いはじめて間もなくのことだった。だが、それこそが一、二度のつき合いで彼に飽きなかった大きな要因だった。

『体が浮くような天国気分を味わえるよ』

そう言って榊原は恭の手首を取り、手術用のメスで上手に静脈を切った。流れ出した血は多くない。大量の血が噴き出す動脈と違い静脈を切ったところでまず死ぬことはない。

それでも流れ落ちる血を二人で眺めているうちにひどく興奮して、白いシーツが鮮血で汚れるのも構わず夢中で抱き合った。そのとき、恭は確かに体が浮くような心地を味わった。軽い貧血だろうが、今までに経験したことのない快感があったのだ。

下手な自傷行為とは違い、手術用のメスで最小限に切った傷はセックスのあと丁寧に消毒され、軟膏を塗り込まれてきれいに治っていった。誤って膿《う》んだりしないよう、榊原は抗生物質も必ず用意しておいてくれる。恭になんの不安もなかった。

それからというもの、二人の行為はだんだんとエスカレートしていった。

恭は自分の体にそんな欲望が眠っていたことなど知らずにいたが、新しい刺激にはたやすくのめり込んでいった。そして、榊原はどこまでいっても怖気づくことがなく、常に憎らしいほどの余裕をみせて恭の一歩先を歩いていた。

縛りやスパンキングは二人のセックスにおいては前戯でしかない。尿道にカテーテルを入れられるのも、もはや当たり前になっていた。

榊原は恭を苦痛と快感の狭間《はざま》で狂わせていく。大学では静かに成績を闘わせていた二人だが、ベッドの上ではとことん獣同士だった。

『吊るして、打ってみたいんだけど』

また新しいことを試したいと言い出した榊原に、恭は苦笑を漏らしただけだった。ただ、吊るされる場合はこれまで以上に慎重にやってもらわないとまずいことになる。

縛られた腕で全体重を支えれば、神経が圧迫されて橈骨《とうこつ》神経損傷を負いかねない。腕が痺《しび》れ

たようになり、握力が著しく低下して物がまともに持てない状態が何ヵ月、あるいは何年も続いたのでは、外科医を目指している恭にとっては致命的だ。

『大丈夫。絶対にしくじらないようにするさ。それに、短い時間でいい。吊るされた恭を見てみたいんだ』

その内容がどんなに非道であっても、悪魔の囁《ささや》きはいつも甘いのだ。

吊るされたときの記憶は今も生々しい。おそらく、これまでに経験した中で最高に過激で、その後もあれ以上の激痛と快感は得たことがない。

両手首は後ろに一つにまとめられ、二の腕と胸を回った縄に繋《つな》がれていた。

『ちょっと見栄えが悪くなるけど、上腕部の神経の圧迫を緩和するためだからしょうがないな』

そう言って、榊原は縄と二の腕の間に何重にも重ねたガーゼを挟み込んでいた。実際、吊られたときにはこのガーゼがなければ悲鳴を上げていただろうという激痛だった。

つま先が浮くと今度はすぐさま左右の膝裏にかけた縄も吊り上げられ、空中で割った太股《ふともも》が水平になる高さまで持ち上げられた。

膝裏にも体重を分散できたことで一息ついたものの、恭の無防備な股間を撫でていた榊原は後ろに回ると、アナルに潤滑剤をたっぷりと塗ってから一気にバイブレーターを押し込んできた。

呻《うめ》き声を漏らしたが、たったそれだけの振動でも腕への負担が増してひどく苦しい。このときばかりは、さすがに自分の意思とは関係なく涙が頬《ほお》を伝ってこぼれ落ちていくのがわかった。

それを見た榊原はいつも以上に興奮した様子で、恭の股間を乱暴に握り締める。嗜虐癖《しぎゃくへき》は筋金入りの男だから、そこにまるで容赦はなかった。

『恭が泣くのを初めて見たよ。これまで何をやっても涼しい顔をしていたのにな。おまえは本当にすごいよ。このままだといつか殺してしまいそうだ』

うっとりとした口調で言った榊原は、吊るされた苦痛とバイブレーターの振動による快感に身悶《みもだ》えて泣いている恭の背をバラ鞭《むち》で遠慮なく打ち据えた。痛みによる眩暈《めまい》どころではなく、すでに気が遠くなりかけていた恭の視界はその後しばし完全に途切れた。

それでも、榊原の理性はちゃんと残っていたようだ。恭が気づいたとき体はすでに床に下ろされていて、巻かれていた縄は外されていた。

吊るされていた時間は約十分ほど。神経を痛めないためのギリギリの時間だった。それでも指先には微かな麻痺《まひ》がある。

体の中に違和感があったのはバイブレーターがそのままだったせいで、正気に戻るなり恭は体を痙攣《けいれん》させて射精した。と同時に、プレイの最中に失禁してしまったのもこのときが初めてだった。

『どこまでも貪欲《どんよく》だな。おまえはさ、絶対に俺以外の男じゃ満足できないよ』

笑いながら言った榊原の顔を今でもはっきりと覚えている。そして、恭もあのときそのとおりだと思った。

あれから、何度も体を重ね、そのたびに二人は危険な行為を楽しんだ。別れる間際に二人が夢中になっていたのは、首を絞めながらセックスをする窒息プレイだった。

自分の命を榊原の手に預けてしまうことにゾクゾクするようなスリルと興奮を味わっていた恭だが、その男が簡単に裏切ったあとにはしみじみ己の愚かさを呪《のろ》ったものだ。

いっそプレイの最中に恭が死んでいれば、榊原は罪に問われていただろうに。胸の内でそんな恨み言を吐き続けていたこともあった。けれど、それもいつしか虚《むな》しくなっていった。

ただ、あの頃の愛欲の亡霊に苛《さいな》まれ、自分が招いた結果を悔やみ、傲慢《ごうまん》だった己を恥じることばかりだ。

そして、被虐の性癖だけはこの体に残り、新たな恋愛をすることに怯《おび》えている。

夢の中で繰り返し見る過去の男の姿。近頃はすっかり遠い記憶になっていると思っていたのに、いまでもこんなふうに囚われてうなされることがあるのだ。

「うあ……っ」

低く呻きながら目を覚ました恭は、自分が今どこにいるのかとあたりを見回そうとした。だが、床に横になったままの体では首が回るわけもない。

そして、動かない両手両足に絶望的な現実を思い出す。

いきなり手足を縛られ、古びたマンションの一室に連れ込まれてまる一日が過ぎた。

ドアの前に見張りつきでトイレに立つ以外の時間は、ずっと両手両足に手錠をかけられた状態で部屋の片隅に座らされている。

手錠プレイには慣れているつもりだが、こうまで拘束時間が長いとさすがにうんざりする。トイレに立てるだけでも有り難いと思うべきなのかもしれないが、慈悲の欠片《かけら》もない彼らから食べ物は与えられていない。ただ、スポーツドリンクだけはペットボトルで渡されていて、手錠をした両手ででもかろうじてキャップを開けて飲むことができた。

部屋に出入りしている男は全部で四人。中心格は昨日からずっとここにいて、恭にあれこれとたずねている宇崎《うざき》という男だった。

年齢は定かではないが、おそらく恭と同じくらいか、あるいは一つ二つ若いかもしれない。生きている世界がどんなにかけ離れていても、同じ世代の人間というのは話を聞いていればなんとなくわかるものだ。

こけた頬《ほお》と薄い唇がとりわけ酷薄そうな印象で、短めに刈り上げた髪のサイドに一本ラインが入っているのはファッションではなく、刃物での切り傷跡らしい。それが彼の人相の悪さに拍車をかけていた。

他には、韓国語と日本語の両方を使う男が二人。彼らは昨日恭を院から拉致した連中だ。そして、もう一人は宇崎の命令でしょっちゅう外へ出かけていっては、携帯電話で連絡を入れてくる男がいる。おそらく彼が一番年下で、仲間内では使い走りのような役目をさせられているのだろう。

服装も、宇崎だけはだらしなく着崩しているもののスーツ姿だが、あとの三人は流行のブランドもののTシャツにスタジャンや、パーカーとGジャンの重ね着といった青臭いスタイルだった。

監禁されている部屋は電気やガスや水道は使えるが、家具類は古いベッドとソファや椅子が二、三ある程度。あとは小さな書類棚のようなものがあったが、どれも引っ越しの際に置いていったというような代物で生活感はまるでない。

「それで、奴らはまだ周辺をうろついているのか？」

いつものようにかかってきた携帯電話に出ながら、宇崎は苛立《いらだ》ったようにたずねる。

律儀にも陽介の舎弟が恭のマンションを今も見張っていて、使い走りの男一人では侵入ができないらしい。今となっては、心配過剰気味だった陽介の気配りが恭の命を繋いでいるようなものだった。

　陽介にはあまり図に乗ってもらっても困るんだが、もし生きて帰れたら礼の一つも言ったほうがいいようだ。

「どこの組のもんだ？　まさか私服じゃねぇだろうな」

　宇崎は吸っていた煙草を灰皿代わりの空き缶に押し込みながら怒鳴る。

　陽介の子飼いの彼らはまだ代紋のバッジをつけているわけじゃないので、すぐに藤森組の者だとばれることはないだろう。そして、私服警官にしてはガラが悪すぎる。

　海のものとも山のものとも判断がつかずに、電話の向こうで返事に困っているのが手に取るようにわかる。

「これ以上手間かけてられるか。金《キム》と李《リ》をいかせる。三人で強行突破しちまえ。薬さえ回収すれば、あとはどうでもいい。どこのチンピラだろうとかまわねぇ。叩き潰《つぶ》せ」

　宇崎はそう吐き捨てると携帯電話を乱暴に折り畳んだが、またすぐに開いて電話をかける。

「金か？　今どこにいる？　李も一緒だな。そこはもういい。それより小西《こにし》に合流して、薬の回収にあたれ。そうだ。磯子《いそご》の例の部屋だ」

　朝夕に食事をしに部屋を出る以外はずっとここにいて、携帯電話で指示を出している宇崎だったが、そろそろ面倒にも一気にカタをつけようと思っているらしい。

せる。

「その薬、『シオン』って呼ばれているらしいな?」

手下どもに指示を出して鼻息も荒いまま携帯電話をたたんだ宇崎に、恭が唐突に問いかけた。

宇崎は一瞬眼光鋭く睨みつけると、すぐそばまできて恭の髪をつかみ、顔を無理矢理上向かせる。

「なんでそんなことを知ってる? おまえ、ただの整体師じゃねぇのか?」

「ただの整体師だよ。薬のことは結構知れ渡っているぜ。自分が拾ったものが噂の『シオン』だとは思わなかったが、あんたが言った一度で脳がイカれるって話ですぐにわかった。巷《ちまた》で通り魔事件を起こしているのはこの薬のせいってこともな」

恭が首を強く振って、つかまれた髪を引き離す。すると、宇崎は片方の唇の端を持ち上げるようにして、残忍そうな笑みを浮かべたかと思うと、いきなりスーツのジャケットの内ポケットから拳銃を取り出した。

ガチッと撃鉄が上がる音がして、恭のこめかみに銃口が押しつけられる。

「長生きしたけりゃ知っていることも知らないふりでぼんやりしていることった。鋭い奴ほど早死にする。それとも、今すぐ殺してほしいか?」

宇崎が恭の顔をじっと見つめて訊いた。脅しだと思っていても、発砲の可能性が皆無とはいえない。

その残酷な表情に、彼が自分の手を血に染めるのを厭《いと》わないことが見て取れた。シオンを世間にばらまき、一連の通り魔事件を起こした男なのだ。すでに血に染まった手であと一人くらい簡単に始末するだろう。

恭は深呼吸をすると、横目で銃口を睨みながらできるだけ静かな口調で言う。

「そもそもこっちにしてみれば、とんだとばっちりなんだよ。あんたらが勝手に落としたものを拾っただけでこんな目に遭っているんだ。せめて本当のことを知りたいと思うのは当然だと思わないか」

これは恭にとって賭《かけ》だ。宇崎の仲間が間もなく恭の自宅に踏み込むだろう。それと同時に薬がもはや恭の手にはないとばれる。

だが、そのときに藤森の舎弟と彼らが揉《も》めれば、なんらかの情報が陽介にいく。蛇の道は蛇だ。陽介ならきっとこの連中を突き止めてくれるはず。

陽介だけじゃない。九鬼もこの二十四時間というもの、懸命に行方を探してくれていると思う。

恭だってただの間抜けじゃあるまいし、拉致されて怯えて助けを待っていたと思われるのはひどく心外なのだ。

宇崎が一気にカタをつけようとしている今は時間がない。何もかもが動き出す前に、少しでも引き出せる情報は全部引き出してやるつもりだった。

開き直った恭の態度を見て宇崎はさっと拳銃を引き上げ内ポケットに入れると、もう一度携帯電話を開いて電話をかけている。仲間に連絡しているのかと思いきや、電話の相手と何かの交渉を始めていた。

「無理じゃねぇよ。探してこいよ。おたくんとこじゃ、以前からそういうマニアックなもんばっか作ってたじゃねぇか。そういう趣味がなくても金を払えばやれる奴はいるだろ。とにかく上玉だ。市場に出れば確実に一儲《ひともう》けできる」

なんの話かわからないが、宇崎が恭の顔を見下ろしながらニヤニヤ笑っているのがいやな感じだった。

「こっちの取り分は三割でいい。場所もここを提供する。機材と人だけ連れてくれりゃいいんだよ。ただし、時間がない。今夜中にケリをつけるつもりだからな」

性急に話を進めていたが強引にも約束を取り付けたのか、宇崎は納得したように頷《うなず》くと「待っている」とだけ言って電話を切った。

そして、おもむろに恭のほうを見て腕を組む。

「あの薬がなぜ『シオン』と呼ばれているかわかるか?」

シオンというのは、ユダヤ教における天国を意味することくらいは知っている。だが、それ以外にシオンという言葉に思い当たることはなかった。

　すると、宇崎は古びた書類棚の引き出しを開けると、中から見覚えのある煙草のパッケージを取り出した。入っているのは発泡スチロールに封印されたシオンに違いない。

　宇崎は九鬼のようにカッターを使うこともなく、発泡スチロールを握り潰すと中にあった油紙を摘み出した。

　開いたそこには、果たしてクリスタル状のシオンが小指の爪の先ほどのっている。

「見なよ。うっすらと青みがかってんだろ。イスラエルの青い星とかけてついた名前らしいぜ」

　ということは、密輸した宇崎達が市場に出すときにつけた名前ではなく、すでにその名前がついていたということだろうか。だとしたら、どこから密輸しているのだろう。

「連中は内心アメリカにかぶれているし憧れているくせに、表向きはアメリカを敵国としているから、『ヘブン』って言葉は使いたくなかったのさ」

「ということは、やっぱり北朝鮮ルートで密輸しているのか」

　恭が確認すると、宇崎は微かに笑っただけで否定しなかった。

　何かで読んだことがあるが、北朝鮮は昨今ユダヤマネーを意識してイスラエルと怪しげな接近を試みていると言われている。そんな裏事情によってつけられた、いささかシニカルな命名だったのかもしれない。あるいは、この薬の開発にすでにユダヤマネーが使われているということだろうか。

いずれにしても、こんな失敗作が出来上がり、日本で出回っているという事実が恐ろしいというだけで、闇の世界の事情など恭には知る由もない。

「だが、今回はちょっと値切りすぎたな。素人の作ったもんじゃ不安だったんで、ホームレスを使ってモニタリングしたらこの様だ」

「素人が作ったってのはどういうことだ?」

「国家事業としてさばいているもんじゃねぇってことさ。どこの国にだってはみ出した奴はいるし、そういう奴らも智恵を絞って金を稼ごうとするのは一緒だ。とあるルートで流れてきたもんを手に入れたものの、ああ一発で脳がやられちまったらこっちは商売にならねぇんだよ。中毒になって、リピーターになってもらってこその商売だからな」

北朝鮮において偽ドル、偽煙草、麻薬、武器などの製造が国家の指導のもとに行われていることはもはや世界の誰もが認めることではあるが、それをブランドのように言う宇崎という男には罪悪感の欠片もないようだった。

より確かな金ヅルとして中毒患者を作ろうとしていることも、そのためにまずはホームレスをモニタリングに使ったというやり方もあまりにも非道だ。

「全部金のためか？」

「他にどんな目的があって、こんなことに手を出すってんだよ」

きっぱり言い切ったその点に関してだけは、いっそ潔さを感じてしまった。

「それで、その失敗作のシオンをどうするつもりなんだ？　回収して次の手を打とうってわけか？」

さすがにそこまで突っ込んで訊けば、まともな答えが返ってくるとは思えなかった。だが、宇崎はためらうことなくそのことにも答えた。

「当然だろ。回収したもんで新しい薬を作らせる。今度こそちゃんと商売になるもんをな」

違法の品を作る土壌はあっても資本がない連中だから、先のサンプルを全部叩き返してあらためて作らせようという魂胆らしい。

そのために回収に奔走しているうちに、ホームレスの誰かがパッケージの一つを落としたということだった。

それを恭が拾うところを彼らに見られたのは不運としかいいようがない。九鬼や陽介が身の回りに注意して、よけいなことに首を突っ込むなと忠告していたが、やはり今回のことは不可抗力だったと言ってやりたい。

（もっとも、生きて帰れたらの話だけどな）

内心苦笑交じりで呟《つぶや》いていたら、宇崎が恭の目の前にしゃがみ込んで顔を近づけると、わざと囁くように言った。

「どうだ、これで満足か？　知りたいことは全部わかったか？」

「全部じゃないが、ある程度はな。それに、あんたがどれだけ悪党かってこともよくわかったよ」

恭が言えば、宇崎はさらに不気味な笑みを浮かべてみせる。

「ああ、悪党だ。その期待は裏切らないと思うぜ」

その言葉を聞いたとき、いやな予感に身震いがした。

「面が割れているからには生かして帰すわけにはいかない」

やはり殺されるのだと目を閉じた恭の耳元で宇崎が言った。

「シオンを味わってみたいだろ？　自分が拾った薬がどんなものか身をもって経験してみりゃいい」

思わず全身に緊張が走った。確かに殺すよりはずっと手っ取り早い。一度シオンを打ってしまえば、脳はイカれてまともではいられなくなる。

これまでモニターとして使われたホームレスのように、錯乱状態で誰かを刺すとか、幻覚幻聴のせいで自ら命を絶つかどちらかだろう。

そして、そのどちらであろうと、宇崎達は遺体の始末をする手間が省け、警察に保護されたところですでに恭はまともに事情聴取できる状態ではない。

どんな殺され方も勘弁してほしいが、これはとりわけ避けたかった。なにより、人を傷つけてしまう可能性があるのは困る。

「丸一日スポーツドリンクしか与えられずにいて、あげくに喰らうのがシオンっていうのはまったくもって有り難くないね」

恭が忌々《いまいま》しげに言うと、宇崎はその不安を嗅《か》ぎとったように笑う。

「安心しな。すぐには打たねぇよ。その前に一仕事してもらうことにした。なぁに、何も喰ってなかったことをよかったって今に思うさ。死ぬ間際に無様に粗相はしたくないだろう。まぁ、それも一興だろうが、こっちの後始末が面倒なんでな」

「なんの話だ？」

わけがわからず、恭が眉間《みけん》に皺《しわ》を寄せるようにして訝しげにたずねる。

宇崎は軽く肩を竦めてみせると、自分の思いつきをさも素晴らしいことのように語り出した。

「場末の整体院の整体師だっていうから、てっきりもっとしょぼくれた年寄りかと思っていたら、あんたみたいな小ぎれいなのがきたんで正直驚いたぜ。これなら、始末する前にちょっと使い道があると思いついたんでね」

「場末ってのは失礼だな。あれでも充分に繁盛している。俺がいなくなると、腰や首に持病を抱えていて困る人が大勢いるんだよ。特に、伊勢佐木《いせざき》のクラブのお姉さん方なんかがね」

それに、県警の年中満身創痍《そうい》の男もかなり困るだろう。

「ほう、そうかい。だったら、その連中にも配ってやろうか、記念のＤＶＤをよ」

「えっ……？」

シオンを使うと言われたときと同様に、恭の体が固まった。

「あんたが主演のホモビデオだ。アダルトビデオじゃこっちの需要も結構あってな、あんたみたいな見た目のいいのは口コミで広がっているうちにかなりの売り上げになるんだ。俺の組を立ち上げる貴重な資金として活用させてもらうから、精々張り切ってやられてみせろよ」

とんでもないことをからかい交じりの口調で言っているが、当然冗談ではなく本気だ。

これでさっきの不穏な電話の内容がやっと理解できた。男でもやれる男優を探しているということだろう。おまけに今夜中にはケリをつけるとか言っていたはず。

さすがに頰が引《ひ》き攣《つ》り、冷静さを保つのもきつくなってきた。恭にできることといえば、そんな馬鹿げた仕事を引き受ける男優がすぐに見つからないことを祈ることだけだ。

宇崎は自分の組を立ち上げると言っていたが、シオンもアダルトビデオも結局はそのための資金ということなのだろう。

「本気で組を立ち上げるつもりなのか？　この横浜で？　寝ぼけたこと言ってるじゃないか。既存の組織が黙っているわけないな」

恭はあえて藤森の名前を出すことなく訊いてやった。

横浜には藤森を筆頭に日本の主だった組織が二、三ある。他にも土地柄チャイナタウンを中心に活動している中国系のマフィアもいて、彼らはそれぞれの出身地別で組織を形成している。また、数は多くないが朝鮮系の組織もあって、シマにこだわることなく独自の路線で活動していて、取り締まりが一番厄介なのもこの連中だと九鬼が話していた。

「特に気の荒い福建マフィアなんか敵に回したら、命がいくつあっても足りないぜ」

そうやって会話を続けることで、恭自身がなんとか気持ちを落ち着けようと思っていた。

「どんな組織が相手だろうと関係ねぇよ。まして、虎のふりして猫に成り果てたような近頃の日本の組織なんぞ怖かねぇ。俺は俺のやり方でこの横浜をシマにする。そのためには金がいるんだよ」

「なりふり構わずってことか。おまえ、どこのはぐれもんだ？」

相手の激昂《げっこう》を買うのも承知でたずねた。

話していてわかったことは、宇崎はまったくの素人じゃないということだ。恭だってなまじ陽介のような本物の極道とつき合っているわけじゃない。

暴力団組織にいた人間には独特の色と匂いがある。宇崎は以前は組にいた人間に違いない。麻薬やアダルトビデオなど手を出すものがことごとくそちらの業界の人間だったということを示している。

おそらく、暴対法によって活動を自粛したり、方針を変えたりしている既存の組に対して不満や苛立ちを感じて飛び出した、血の気盛んなはぐれ者ではないだろうか。

恭の問いかけに宇崎は携帯電話を取り出し、メールの着信を確認したあと返信を打ちながら答える。

「俺のことなんか聞いてもしょうがねぇんだよ。どうせ数時間後にはイカれた脳みそで街をさまよってんだ。その前には野郎に掘られてヒィヒィ言っているだろうしな。人のことを探っている間に自分の心配でもしてろよ」

そして、宇崎は薄笑いとともに、さっきのメールに対する返事を読んで言った。

「やっぱり人を動かすのは金だな。男を抱ける奴なんて簡単に見つからないなんて言ってやがったくせに、取り分を一割増やしただけでさっさと見つけてきやがった。どこにでも外道ってのはいるもんだ」

正直、この瞬間眩暈がした。

宇崎の言うとおり、彼自身のことなど聞いている場合じゃない。だが、こうして手錠で拘束されている身では自分の心配をどれだけしたところで無意味だった。

相手が宇崎一人とはいえ、この状態では彼を打ちのめすことも、この部屋から逃げ出すこともほぼ絶望的に無理だ。

諦めるときなんだろうか。ふと恭の心に弱気が過《よ》ぎる。

そもそも、自分はそんなに強い人間だったことは一度もないのだ。過去の辛《つら》い恋愛から逃げ続けていただけで、これまで誰とも真剣に対峙《たいじ》しようとしなかった。

弱い自分をさらけ出すことが怖くて、虚勢を張りながら生きてきたこの数年を陽介に暴かれそうになったときでさえやっぱり逃げていた。まして、九鬼に弱い自分を知られるのはいやだ。すべての虚勢を脱ぎ捨てて自分のそばにいればいいと九鬼と陽介は言う。絶対にそれに縋《すが》ったりするものかと思いながら、彼らに救われていたのは事実だ。だが、どうしてもそれを自分自身が認めたくはなかった。

なぜ自分はこれほどまでに意地を張り続けるのか。そのことを考えたとき、得られる答えはあまりにも単純で明快だった。

つまり、彼らはそれぞれに背負うものがありながらどんなときも強く、己の生き様に信念を持っているということだ。それに比べて、彼らが懸命に言い寄って口説いている自分は未だに過去を清算できないような男なのだ。

強くたくましい彼らに対して、己があまりにもちっぽけなことに気後れを感じている。けれど、蓋《ふた》を開けてみれば、しょせん自分はその程度の人間なのだ。

このままだと無理やり犯されるところをビデオ撮影されたあげくに、シオンを打たれて脳がイカレたところで街に放り出される。

自分の死後も無様なビデオが巷に出回るのかと思うと心底ゾッとする。それは、陽介がプレイの一環として恭のプライベートな部分を携帯電話のカメラで撮ったのとはまるで違っている。男を抱ける男優などすぐに見つかるものかと少しばかりタカを括《くく》っていた。

だが、それはあまりにも楽観的な考えだったようだ。宇崎の言うように、彼らの業界では金で動かないものはない。多分、それは真実だ。

絶望が恭の胸に去来したとき、部屋のインターフォンが鳴った。

「死ぬ前に味わうのは天国か地獄か、それはおまえ次第だ。最後の記憶だ、精々楽しみな」

宇崎はそう言うと玄関に向かう。

今、心から叫んで助けを求めたい気分だった。けれど、拘束されている体と同じように声さえも出ない。もっとも、叫んだところでこのついていない運命が変わるわけでもないだろう。

恭は静かに目を閉じ、玄関扉から入ってくる人の気配だけを感じながら深呼吸を繰り返す。せめて最後くらいは惨めな姿を晒《さら》したくなかった。

九鬼はけっして遠くない時期に、この宇崎という外道を必ず捕まえるという確信を持っている。その後、このビデオを犯罪の証拠の品として九鬼が検証するときのことを思うと、恭の心はひどく動揺してしまう。

ぶざまなビデオでの再会を九鬼はどう思うだろう。哀れな最後だったと少しくらいは心を痛めてくれるだろうか。

この期に及んであの男のことばかり考えているのが自分でも恨めしい。いったい、九鬼は自分にとってどんな存在だったのだろう。

よくはわからないけれど、陽介とはまた別の意味で確かにこの胸にいる憎らしい存在には違いなかった。

◆◆

「探せば見つかるもんだろうが。で、機材も全部持ってきたんだろうな?」

「宇崎さんも無理言うよな。本当に上玉なんだろうね。近頃はちょっとしたアイドル崩れの子でも平気でこっちの仕事に手を出すから、マジで面と体のいいのでないと売れないよ」

玄関先から聞こえてくる会話に耳を塞ぎたくなるが、そんなことでこの現実から逃れられるわけでもない。

「心配すんなよ。それより、そっちこそちゃんとやれる奴を見つけてきたのかよ。男相手だからって、いざってときに役に立たないってことねぇだろうな」

「まぁ、大丈夫だと思うよ。ガキは抱けないが、男だったら上限はないって言ってんだから。ちなみに、こいつなんだけど、ガタイはいいだろう。なんなら髭《ひげ》も剃《そ》らせて、もうちょっと小ぎれいにさせるけどね」

どんな男がやってきたのか、今の言葉だけでも充分不安だ。よしんばそいつが本当に男を抱けても、あいにく恭は普通のセックスでは達することができない。

宇崎には腹立たしいかもしれないが、ビデオは痛々しいレイプにはなっても、たいして色っぽい仕上がりにはならないだろう。

それくらいがせめてものはらいせというのも情けないが、人形を抱いているようなビデオに興奮する奴なんていないだろうからいい気味だ。

やがて玄関先での会話を終え、機材を運び込んできた連中が恭のいる部屋に入ってくる。

宇崎が招き入れた男達は全部で四人。一人はカメラを抱え、二人は照明やマイクなどの機材を抱え、最後には長身で体格のいいサングラスをかけた男が入ってきた。

恭は彼らの姿にチラッと視線をやったが、最後に入ってきた男を見たとき奇妙な感覚に首を傾《かし》げた。こんなところで知り合いに会うはずもない。だが、彼の容姿にはあまりにも見覚えがある。

サングラスと髭面というのに違和感はあるものの、肩幅のあるがっしりとした体つきといい、顎《あご》の尖《とが》った輪郭や乱れた髪形は恭が会いたいと思っていた男とそっくりそのままだ。

（まさか、九鬼さん……）

信じられない思いで心の中で呟いた瞬間、男がサングラスを取った。

恭が息を呑《の》むのと、九鬼が口を開くのが同時だった。

「こいつか？　なかなかのもんじゃねぇか。これならこっちも楽しめそうだ」

どうやってこの連中に紛れ込んだのか知らないが、芝居とはいえそういうことを言われればムッとしてしまう。

それでも、もうこれで安心だ。九鬼がいてくれたら、生きてこの状況から逃げ出すことも夢じゃない。

「いろいろと時間が押してるんだ。さっさと撮影の準備に取り掛かってくれ」

宇崎はそれだけ言うと、あとは男達にまかせて自分はまた携帯電話を取り出して忙しく連絡やら確認やらをしている。

さっき恭の自宅に踏み込むように指示を出していた金と李という二人は、すでに小西と合流しただろうか。そして、陽介の舎弟は彼らの存在に気づき連絡をしてくれただろうか。

九鬼を見て安堵《あんど》した心でそんなことを考えていたが、カメラマンの男に腕を引くようにしてその場で立たされ、自分の身がまだ完全に危機から脱却したわけではないことを思い出した。

カメラマンは恭の顎に手をやり、顔を上向かせて前髪を持ち上げる。

「なるほどねぇ。宇崎さんが言うだけのことはあるな。これならいい作品ができそうだ」

下卑たビデオ撮影をするだけのくせに、偉そうに作品などと言っているから笑ってしまいそうになる。

顔だけでなく、体も確認しようとして男は恭が身につけていたシャツの前を開いて肩から下ろした。

手錠をされているので袖《そで》から抜き去ることはできなくても、体の具合を見るならそれで充分だと思ったのだろう。恭の肩から胸板あたりを嘗《な》めるように見て笑みを浮かべる。

「痩《や》せすぎかと思ったけど、そうでもないか。ほどよく筋肉もついているし、いい体だ。背中は……」

そう言って恭に後ろを向かせたとき、カメラマンはハッと息を呑んだように黙り込む。その

様子を見て、機材係の男達も恭の後ろに回り小さく口笛を吹いた。

「すげぇな。もしかして、そういう趣味か。だとしたら、そっちのコンセプトでいくか」

カメラマンの男がさも楽しそうに言ったのは、恭の背中に残る鞭の跡を見たからだ。一昨日の夜、陽介に打たれた跡はまだくっきりと残っている。カメラマン達にそれを揶揄《やゆ》されるのは構わないが、九鬼に見られたのは少しばかり心地が悪かった。

「おい、ちょっとハードめにやれるか？　縛りとスパンキングぐらいでいい。絵的にはレイプっぽく撮れるとなおいいけどな」

カメラマンに問われて、複雑な表情で恭の背中を見ていた九鬼は不敵に笑ってみせた。

「レイプっぽくじゃなくて、合意じゃなけりゃそのままレイプでしょうよ。まぁ、いずれにしろヒィヒィ言わせてやりゃいいんだろ。まかせてくれよ。それより、そっちこそしっかりカメラを回すことに集中してくれよ」

自信満々に言った九鬼は恭の体をカメラマンから引き取ると、部屋の隅で携帯電話をいじっている宇崎に声をかける。

「おい、撮影の前にシャワーを使わせたい。手錠の鍵を貸してくれないか。このままじゃ服を脱がすこともできないんでね」

「そいつ、何か武術を使うらしいから用心しろよ」

宇崎が言ったが、九鬼はわざと乱暴に恭の二の腕をつかんでみせる。

「少々腕に覚えがあったところで、これだけの人間が取り囲んでいるんだ。手足が自由になったからって逃げられやしないだろう」

それもそうだと宇崎も納得したのか、ズボンのポケットから取り出した鍵を投げて九鬼に渡した。

ようやく手足の手錠が外されたものの、丸一日スポーツドリンクだけで過ごしていた恭の体はかなりふらついている。

宇崎の言うように、何も食べてないせいで直腸洗浄のような処理はしなくてもすみそうだが、これだけ体力が落ちていたら、九鬼の手を借りても連中四人を相手にできるかどうか怪しかった。

ベッドの周囲で撮影の準備を整えている間に、九鬼は足元がおぼつかない恭を抱きかかえるようにしてバスルームに連れていこうとした。

それを見た宇崎が九鬼を呼びとめると、携帯電話を部屋に置いていけと忠告する。万一恭に取られて外部に連絡されることを警戒したのだろう。どこまでも抜け目のない男だった。

九鬼も内心舌打ちをしたい気持ちだっただろうが、ここですべてを台無しにするわけにはいかず、携帯電話を窓枠のところに置いてからバスルームに入る。

ふらつく恭を壁際に立たせた九鬼がドアに鍵をかけると、ようやく二人きりになれた。

九鬼は二人の会話が外に漏れないよう、まずはシャワーを捻《ひね》って水を出す。

それから振り返ると、バスルームの壁に寄りかかって立っている恭に手を伸ばし、体ごと引き寄せるようにして胸に抱き締めた。

「あっ、九鬼さん……」

いきなり一目会いたいと思っていた男の腕の中に包み込まれ、恭は自分の張り詰めた気持ちがその瞬間に崩れ落ちていくのを感じていた。

「恭……。無事でよかった」

耳元で囁く九鬼の声を聞いたとき、恭もまた生きて再会できたことが嬉しくて自ら彼の背に手を回した。

これまでどんなに迫られても、言い寄られても、自分から彼の抱擁《ほうよう》に応えたことなどなかったけれど、今だけは自分自身を抑えることができなかった。

九鬼の腕の強さに声を漏らした途端、唇が塞がれる。

「ああ……っ」

過去に九鬼と唇を重ねた記憶を探る。ふざけて院でキスされたことは何度もあった。けれど、今の口づけはこれまでになく彼の本気の気持ちが伝わってくる。

いつから伸ばしていたのか知らないが、髭が当たって頬が痛い。無精髭があっても微塵《みじん》もその男らしさが損なわれることはなく、むしろいっそう九鬼という男の凛々《りり》しさに眩暈がするほど魅了されている。

だから、今はこの唇を離したいとは思わない。何度でも熱い舌を絡ませて、唇の角度を変えては互いの吐息まで貪《むさぼ》り合うことにしばし夢中になっていた。

そして、名残惜しい気持ちでゆっくりと唇を離すと、恭はうっとりとした心持ちで言った。

「助かったんですね。正直、もう諦めていましたよ。ぶざまなビデオを撮られて、薬を打たれて死ぬんだってね」

珍しく弱音を吐いてしまった恭の顔を見て、九鬼が抱き締めていた手を解いたかと思うと、なぜか自分の髪をかきながら困ったように溜息《ためいき》を漏らす。

「どうしたんですか？　何かまずいことでも？」

九鬼の様子に少しいやな予感がして、恭がたずねる。

「実は、それほど楽観的な状況でもないんだ」

「どういうことです？」

どうやらいやな予感は当たっていたらしい。

この男がどういう刑事だったかよもや忘れたわけじゃない。だとしたら、まともな捜査でこの現場に飛び込んできたとは思えなかった。

「あの宇崎って男はまさか丸腰ってことはないよなぁ」

「スーツのジャケットの内ポケットに拳銃は持ってますよ。さっきこめかみにつきつけられましたから、間違いないです」

「やっぱり、そうか。マズイな」

呟いた言葉に恭の眉が吊り上がる。

「もしかして、また単独捜査で乗り込んできているんじゃないでしょうね？　警察の援護は望めないとでも？」

否定しないところをみると、どうやらそうらしい。今度は恭のほうが大きな溜息をついてみせる番だった。

「まいったね。携帯を置いていけと言われるとは思っていなかった」

携帯電話がなくては援護の要請のしようもない。これじゃ何一つ状況が好転したわけではないということだ。

「しょうがないですね。向こうは四人ですが、三人は素人も同然です。宇崎が拳銃を持っているといっても、九鬼さんもそれなら同じ条件だ。こうなったら、力技で強行突破しますか？」

本当はかなり体力が落ちている恭だから、素人三人相手でも危ういところだがどうにかするしかあるまい。ところが、その意見も遠慮気味に却下された。

「悪いが、丸腰なんだよ」

「なんですって？」

驚きのあまり目を見開いて、思わず九鬼の胸ぐらをつかみたくなってしまった。

「撮影をやっている連中もまんざらの素人じゃないぜ。組のお抱えみたいな奴らだから、とにかく用心深い。あの連中がわけありで男も抱ける男優を探しているって情報を得て、もしかしてと思って藁《わら》にも縋る思いで行ってみたら、最初に身体検査をされちまった」

「じゃ、拳銃は？」

「警察手帳ともども県警の俺のロッカーの中だ。でなけりゃ、今頃ここに辿《たど》りつけてないし」

刑事のくせに丸腰で犯人に関係ありそうな連中のところへ飛び込んでいった無謀を、さも機転がきいていただろうと得意気に言われてもむしろ腹立たしい。

恭を助け出すにはあまりにも役立たずというよりも、彼自身がこんな形で危険に飛び込んできたことに怒りを覚えるのだ。

「あなたって人は、どうしてそうなんですか。もう少し自分の命や体のことを大切にできないんですかっ」

恭自身ひどく刹那的な部分がありながら、九鬼や陽介が無謀な真似をするのを見るとなぜか苛立ちを感じる。二人とも商売柄どうしても一般人よりは危ない場面に遭遇しがちで、それはしょうがないと割り切っているつもりでいても、心の中では納得できていないのだ。

それがどうしてなのか、彼らとつき合いはじめたばかりの頃はよくわからなかった。けれど、今はもうその理由も知っている。

彼らが万一でも自分の目の前からその存在を消すようなことがあったら、恭の心の中にはどれほどの虚無が押し寄せてくるのだろう。

それを想像すると怖くて、彼らが無茶をするたびに不機嫌になってしまう。だが、そんな恭の気持ちを二人に教えてやる気はない。

今もまた腕を組み、呆《あき》れたように九鬼を睨んでいると、そんな恭の態度にムッとしたように反論してくる。

「こうして命がけで助けにきてんのに、もう少し可愛い感謝の言葉が吐けないもんかね」

「どうせ可愛気なんぞ微塵もない人間ですから」

「可愛気なんかいまさら求めちゃいないけどな、その背中の傷には少々むかっ腹が立ったぞ。藤森の若造と寝たんだな?」

急に強気に詰問されて、恭はそっぽを向いてしまう。

「そんなことあなたには関係ないでしょ」

「関係あるだろうが。あんな若造にいいようにされやがって」

「べつに陽介さんのいいようにされたわけじゃありませんよ。俺が望んで打ってもらったんですから」

その瞬間、売り言葉に買い言葉で、たまらず自らの性癖をはっきりと言ってしまった。

九鬼が引くならそれでいい。どうせ今の状況では生きてここから脱出できる可能性など五分五分以下だ。だったら、いまさら自分の被虐癖を隠していてもしようがない。

開き直った恭の言葉に対して、九鬼は憤懣《ふんまん》やる方ないといった様子をみせる。

「そんなことはわかってるさ。だから、よけいに忌々しいってんだよ。俺ならもっと恭を泣き喚《わめ》かせてやれるって言ってんだよ」

「たいした自信ですね。でも、連中の言っていたような縛りや軽いスパンキング程度で俺は満足できませんよ。最初にこの体を仕込んだ男がとことん鬼畜だったもんでね」

「医大の頃のご学友か？　そんなにそいつとのセックスがよかったのかよ？　今でも恋しいなんて思っているわけじゃないだろうな？」

九鬼にまで自分の隠し続けていた過去をズバリ指摘されて、恭はうんざりしたように頭を振った。

「なんで俺の過去の恋人が医学生だって知っているんですか？　だったら、俺が医大に通っていたことも調査済みですか？　いったいどこまで調べているんです？」

　アブノーマルな性癖を聞いても引くどころか、さらに喰いついてきた九鬼に対して、恭が憤慨したように訊いた。すると、九鬼は堂々と開き直ってみせる。

「だから、こういう商売していろいろと耳に入ってくることがあるんだよ。べつに意図的に探ったわけじゃないぞ」

　そんな言葉を鵜呑《うの》みにするほどおめでたい人間じゃない。

「勘弁してくださいよ。陽介さんばかりか、九鬼さんまで俺の過去を調査済みですか？　人のプライベートをなんだと思っているんだ、あんた達は……」

　すっかり頭を抱えてしまった恭が本気で文句を言い続けていたそのとき、バスルームのドアが激しく叩かれて、二人して体を緊張させる。

「おい、いつまでかかってんだ。さっさと洗って連れてこいよ。こっちの準備はできてるんだからな」

　これ以上の時間稼ぎも難しいし、ここで不毛な言い争いをしていてもしょうがない。

「わかった。すぐに連れていくから、もうちょっと待ってくれ。撮影中に粗相があったら、あんたらも困るだろうが。腹の中まで丁寧に洗ってやってんだから、あと五分ほどくれよ」

　九鬼が部屋に向かってそう叫んだので、恭は仕方なく身に着けていたシャツやジーンズをその場に脱ぎ捨てると、バスタブに入る。それを見て、九鬼が一緒に入ってこようとしたので、厚い胸板を平手で突き飛ばしてやった。

「自分で体くらい洗えますよ。腹の中までこの手でね。それよりも、九鬼さんは脱出の算段でも考えておいてください」

もう羞恥《しゅうち》もてらいもかなぐり捨てて吐き捨てるように言うと、恭はシャワーカーテンを閉めて手早く自分の体を洗いはじめる。

このままだと部屋に戻れば九鬼は男も抱けるＡＶ男優として、恭はレイプされる素人の男として、濡れ場をカメラの前で演じる羽目になる。

自分達がこの部屋から無事に逃げ遂《おお》せる可能性はまったくないんだろうか。どこかに一縷《いちる》の望みでもないだろうかとシャワーを浴びながら懸命に考える。

だが、県警の援護が望めない今は、陽介の存在だけが頼りだということになる。

手早くシャワーを浴びた恭は九鬼から手渡されたバスタオルで体をふきながら、宇崎が手下連中に指示した内容をそのまま伝えた。

「俺の部屋に踏み込めば、藤森のところの舎弟がきっと陽介さんに連絡してくれるでしょう。精々時間稼ぎをして、それを待つしかないですね」

恭が言えば、意外にも九鬼も素直に頷く。

「あの若造、生意気にもこの俺にもずっと尾行をつけてやがったんだ。まぁ、こんなことになったときには、それなりに役立つだろうと思って泳がせておいたんだがな。そいつから俺がここにいると連絡が入れば、陽介本人が長ドス持って駆け込んでくるだろうさ。それまでとりあえずしのぐしかないな」

結局、九鬼も陽介の舎弟をうまく利用しようという魂胆でこんな無謀なことをしでかしていたのだ。

そして、時間稼ぎといえば、部屋に戻ってビデオ撮影をそれぞれの立場で芝居を打ちながらやるしかないということだ。

タオルで濡れた髪や体をふきながら、恭は九鬼のほうを横目で見る。

「本気でやるつもりですか？」

「やるしかないだろう」

「俺は半端なことじゃイケませんよ。容赦なく泣かせる自信があるんですか？」

冥土《めいど》の土産に心で気にかけている男に抱かれるのも悪くはない。

九鬼はこの場所を一か八かの賭で見つけたようだが、なかなか神様も気がきいた真似をしてくれる。

せっかく与えられたチャンスなら、無駄にして後悔しながら死んでいくのは真っ平だ。シオンを打たれて脳がイカレる前に精々この世に生まれてきたことを楽しませてもらおう。

「容赦なくだって？　誰に訊いてるんだ？　俺を藤森の小僧と同じだと思うなよ」

自信あり気に言う九鬼に、恭は不敵に笑ってみせた。

こんな危機的状況にいて、頼みの綱は陽介だけというギリギリの二人なのに、それでも腹の底ではどこか開き直っていた。

なるようになればいい。その前に、この男と愛を貪ろう。一昨日の夜、陽介とそうしたように、今は九鬼とただれるほどに夢中になれる時間を共有したい。

そのあとのことはもういい。考えてもどうにもならないことなら、考えずに飛び込んでいくしかないのだから。

◆◆

腰にタオルを巻いただけの恭《きょう》が九鬼《くき》の手で部屋へと連れ戻される。

「おい、暴れる前に縛っちまえよ」

ずねる。

宇崎《うざき》が言ったので、機材係の男が荷物の中から縄を出してきた。それを九鬼に放り投げてた

「縛れるか？　あまり本格的でなくても、胸と二の腕に回して、後ろ手に縛る程度でいい」

縛りにも型はある。ビデオに撮るならそれなりに縛らないと見栄えが悪いということだろう。

九鬼がそんな縛り方を知っているとも思えなかったが、恭の腰からタオルを取ってしまうと

意外にも手際よく縄をかけはじめた。

いろいろと胡散臭《うさんくさ》いところのある男なのはわかっていても、こんなこともできたのかとつい

冷たい目で睨《にら》み上げてしまう。

九鬼は他の連中にはわからないように恭に向かって肩を竦《すく》めてみせ、一度きつく縛った縄を

後ろで少しだけ弛《ゆる》めてくれた。いざというときは自らこれを解いて戦うなり、逃げ出すなりし

なければならない。だが、その瞬間までは精々腕が痛むふりをするだけだ。

「腰から下もいいな。足が長いし、イチモツの色と形もいいじゃないか」

カメラマンの男がすかさず恭の下半身をチェックして言う。

「それじゃ、ベッドに並んで座ってくれるか。胸を責めてるところから撮りたい。そうだな、

角度は……」

「いいから、好きにやらせろよ。撮りたいようにそっちが動けばいいだろう」

あれこれと注文を出すカメラマンに、九鬼はそう言い捨てると恭の体をベッドに押し倒した。そして、自分もまたさっさと裸になるとその巨体を重ねてきて、恭の耳元で誰にも聞こえないように囁《ささや》く。

「安心しろ。どんなもんを撮られても、全部俺がもみ消してやるからよ」

それは二人揃《そろ》って生きて帰れたらの話だ。そうでなければ、県警の刑事といきつけの整体院の整体師とのとんでもない絡みが証拠品として残り、捜査に係わる人間の目に触れてしまうということだ。

だが、今はそんな心配をしている余裕はない。九鬼の手が恭の首筋から胸元へと下りていき、その手を追うように唇が触れてくる。

優しい愛撫《あいぶ》では恭の体は高ぶらない。それでも、相手が九鬼だと思うと、わずかに下半身に疼《うず》きを感じていた。そのとき、九鬼の歯が恭の乳首を少し強く噛《か》んで、恭の体が痛みにすかさず反応する。

「あっ、くう……っ」

陽介《ようすけ》の責め方はなかなかうまかったし、充分に恭を楽しませてくれもした。それでも、陽介の腕の中で恭は何度か九鬼のことを思った。

九鬼の大きくたくましい体にねじ伏せられたらどんな気持ちになるんだろう。あの優しい男が大きな手で自分の頬《ほお》を打ち、髪をつかみ、この体を犯したなら、そこにはどんな快感があるんだろう。

そんなことを考えている自分の浅ましさにまた興奮して、陽介には申し訳ないと思ったものの妄想を止められなかったのだ。

なのに、現実の九鬼はこんな状況で恭を労るようにして、全身に甘い愛撫を与えていく。

「おいおい、もっと激しくやってくんないと、絵にならないんだけどな。だいたいそっちのカレシはそういうのが趣味なんだろう。だったら、遠慮なくスパンキングとかやっちゃってくれよ。それとも、オモチャでも突っ込んでみるか?」

カメラマンも恭の体に変化が見られないことに不満そうに言うと、一度カメラを止めて機材の横に置いてあった鞄から用意してきた道具を出してくる。

きっと撮影のときにはいつも準備しているのだろう。女性用の道具が多かったが、中には鞭《むち》やアナルパールなど性別を問わずに使えるものもあった。

陽介にはどんな道具を使われても抵抗などなかったが、抱かれる相手以外の人間が見ている前でそれらを使われたくはなかった。できることなら、九鬼の体だけで抱かれたいと思う。

九鬼もまた自分の思いどおりに恭を抱けないことに不機嫌そうな様子で広げられた道具を見下ろしていたが、そのとき口を挟んできたのは宇崎だった。

「いくらＳＭ好きでも、この状況じゃ緊張してなかなかのれないんだろうよ。だったら、手っ取り早くその気にさせてやればいいさ」

そう言うと、宇崎は書類棚の引き出しから白い小さなプラスチックボトルを取り出した。

「おい、こいつを飲ませてやりな。一錠で充分だ」

宇崎が九鬼に向かってそのボトルを投げて渡し言った。

「なんだ、これは？」

「たいしたもんじゃねぇよ。飲んだらすぐにおっ勃つ催淫剤だ。さっさと飲ませてから、道具でもなんでも使ってやっちまいな」

「本当に催淫効果だけか？　頭がイカレちまうような薬なら、勘弁してくれよ。以前、ラリった奴をやっていたら、いきなり自分の舌を嚙み切りやがった。そこまでいったらもうＳＭどころの騒ぎじゃねぇし、病院に担ぎ込んで大変だったんだ」

九鬼がさも過去に経験したことのように話しているが、本当はこの薬がシオンみたいな危険な代物ではないかと案じて確認しているのだ。

「安心しな。そんな強烈なもんじゃねぇ。いまどき高校生のガキでもセックスするときに使っているような薬だ。ちなみに頭がイカレるやつは、撮影が終わったらぶち込んでやる予定だからよ」

この撮影が終われば恭にシオンを打つつもりだろうが、今はまだそこまで壊れても撮影に支障が出るだけだと考えているのだろう。

九鬼も宇崎の言葉を聞いて、とりあえずボトルの中の錠剤がシオンではないと確信したようだ。

だとしたら、ここで逆らって彼らに自らの正体がばれるのは得策ではない。なにしろ、恭を縛ったままの状態なのだから、拳銃を持っている宇崎と他の三人を相手にして逃げ切れる公算はあまりにも低い。

九鬼はプラスチックボトルから錠剤を一錠手に取ると、照明係の男からペットボトルの水を受け取り、口移しで恭に飲ませた。

不安とともに九鬼の視線をじっと見つめながらも、恭は水と一緒に錠剤が胃の中へと落ちていくのを感じていた。

しばらく体の変化する様子をうかがっていた九鬼だが、やがて恭の両足首を持ち大きく足を開かせると股間に顔を埋めてくる。

縛られた上半身を大きく仰《の》け反《ぞ》らせながら、柔らかい舌に包まれる感触に呻《うめ》き声を漏らす。ペニスは温もりに包まれていたが、九鬼の不揃いに伸びた顎鬚《あごひげ》が恭の睾丸に当たるたびになんとも言えない刺激を感じる。そのチクチクとした感覚に、恭の持ち上げられた足が無駄に空を搔《か》いていた。

「うう……っ、あっ、あん……っ」

その様子を見て、カメラマンは一度下ろしていたカメラを回しはじめる。照明も恭の股間に向かって光を当てる。

こんな優しい愛撫に感じるはずはないと思っていたのに、やがて体の奥のほうからジンと痺《しび》れるような感覚が込み上げてくるのがわかった。

「ああ……っ。く、く……」

九鬼の名前を呼んでしまいそうになって、慌てて恭は唇を嚙み締めた。

じょじょに薬の効果が現れてきて、自分でもどうしようもないほど股間が熱くなっていくのがわかる。これほどまでに即効性があって、こんなにも確実に体の中の熱を追い上げてくるとは思っていなかったから、恭は内心焦りを感じながら身を捩《よじ》っていた。

榊原《さかきばら》にはさまざまな方法で抱かれてきたが、実は一度たりともこの手の薬を飲まされたことはなかった。薬などまったく必要のないほどに、恭はしらふの状態で危険なセックスに溺《おぼ》れていたからだ。

「んんっ、んっ、ああ……っ」

執拗《しつよう》なまでの九鬼の舌と唇による愛撫で、恭の体は早くも高ぶりの頂点を感じていた。自分でも信じられなかったが、あの九鬼が自分の股間を愛撫しているという現実と薬の力が相まって、恭の忍耐を簡単にもぎ取っていった。

「うう……っ、くぅ……っ」

喉《のど》から搾り出すような声を上げると、恭は股間を何度も上下させてあっさりと果ててしまった。吐き出した精液を九鬼は口で受けとめ、親指の先で自分の唇を拭《ぬぐ》いながら訊く。

「おいおい、あっけないな。そんなに飢えてたのか？　それとも薬が強力だったのか？　どっちでもいいが、こんなもんでいってたら、撮影が終わるまで体が持たないぜ」

半ばからかうような言葉さえも恭の羞恥《しゅうち》を煽《あお》り、ビデオですべてを撮られているということも開き直ってしまえば淫《みだ》らな快感になっていた。

恭は濡《ぬ》れた股間を閉じることもなく、カメラの前で激しく上下する胸板を突き出すような姿で横たわっていた。

「いい感じになってきたな。今度は反対にあんたのモノをくわえさせてくれよ。できれば、もっと乱暴な感じでやってくれ」

だらしなく口を開き、目の力を失った姿にカメラマンは俄然《がぜん》のってきたらしい。ファインダー越しに恭を嘗《な》めるように撮りながら、またあれこれと九鬼に注文を出しはじめた。

すると、九鬼はさもうるさそうにカメラマンを無視して、ベッドの横に広げられた道具の中からアナルパールを手に取った。

恭の体を乱暴に返して膝と頭で這《は》わせると、腰だけを持ち上げて双丘を割り開く。

「ひぃ……っ」

薬の力で恭の後ろの窄《すぼ》まりは微《かす》かに痙攣《けいれん》しながら弛みはじめていた。

そこをカメラがアップで撮っているところで、九鬼が潤滑剤を塗ってから七連になっているパールを一つ一つ押し込んでいく。

「あぅ……っ、ううっ、んん……っ」

圧迫感自体はたいしたことはない。けれど、押し込まれているそこに照明が当たり熱さを感じていると、今まで経験したことのない興奮があった。それは、淫らな行為を人前に晒《さら》しているという、禁断の快感だった。

九鬼はパールを七つとも押し込むことはせず、五つを中に入れ二つを外に出したままにする。見えていなくても、恭自身数を数えていたからそれは確かだ。そして、果てたばかりの股間が新たな熱を持ちはじめているのも自分でわかっていた。

その状態で今度は髪をわしづかみされて、上半身を引き起こされた。九鬼は床に下り立つと、カメラとは反対側の足だけをベッドの縁にかける。

その格好で、髪をつかんだまま恭の顔を自分の股間へと押しつけた。

後ろ手に縛られたままの不自由な姿で、九鬼のものを開いた口に迎え入れる。喉の奥まで突くように、わざと乱暴に握った髪を動かす九鬼はいつもの彼とは違う。

恭が薬で狂っていくのを見て、彼もまた腹を括《くく》ったようだ。あるいは、これくらいの嗜虐性《しぎゃくせい》は彼の中にも眠っていたということだろうか。

どちらであっても構わないが、今は夢中で九鬼のものを舌と唇で愛撫し続けるだけだ。

そんな恭の姿をカメラはじっと追っている。舌の動きや息遣い、九鬼の手で押さえられて涙目になってえずく様まで何一つ漏らさずに撮っていた。

また、恭の背後に回ると、後ろからパールを二個出したままの姿で腰を振り、ときおり開ききった双丘の奥の窄まりをビクビクと痙攣させているところまでビデオに収めている。

「すげぇな。マジで素人とは思えないぜ」

照明係の男が溜息《ためいき》交じりに呟《つぶや》いているのが聞こえた。

「ヤベェ。こっちまで勃っちまいそうだ」

もう一人の音声を担当している男も、もぞもぞと自分のジーンズの股間を押さえながら言う。

プロの男優なら芝居が入るが、九鬼と恭は本気でやっている。九鬼の過去の経験は知らないが、恭は少なくともこの手のプレイでは素人ではない。

ただカメラの前でやったことがないというだけで、薬で高ぶっている今はすっかり淫らな獣に成り果てていた。

びちゃびちゃと濡れた音を立てて懸命に九鬼のものを嘗め続けていたが、それくらいで果てるような柔な男ではなかった。

髪を引っ張り自分の股間から引きはがすと、唾液《だえき》まみれになっている口を拭うこともできない恭を仰向けにしてベッドに押し倒す。

「あっ」

小さく声を上げると同時に九鬼が肘と膝を器用に使って恭の股間を大きく割り開き、閉じられないようにしてしまう。

そして、完全に張り詰めて勃ち上がっているペニスと、五つの玉を飲み込んだアナルがよく見えるように腰を持ち上げさせてから、一気にアナルパールを引き抜いた。

「あうっ、は、はぁ……っ」

恭はベッドの上で髪を振り乱し、また股間を弾《はじ》けさせた。前には一切触れていないのに、パールが体の中を擦りながら出ていく感触だけで快感を得て果ててしまったのだ。

それぞれの仕事をしながら生唾《なまつば》を飲み込んで、恭のあられもない姿を見つめる男達の視線が全身に突き刺さってくる。でも、それすらが愛撫となってすでに二度果てた恭をさらに追い立てる。

薬の効果が続くかぎり、恭の中の熱はけっしておさまらない。自分の意思など関係なく、体だけが完全に暴走しているようだった。

「このままじゃ背中の傷が見えなくてつまらないだろう」

そう言うと、九鬼は恭の体を縛っていた縄を解いていく。

「おい、勝手にそいつを自由にしてんじゃねぇよ。万一逃げ出しやがったら……」

それまで黙って撮影の様子を見ていた宇崎が突然口を出してきたが、それを遮ったのは九鬼ではなくて、カメラマンだった。

「いいから、好きにやらせてやってくれ。どうせ薬でヘロヘロになってんだから、逃げられやしない。それより、背中の鞭の跡はかなり絵になる。おい、照明、下から陰影をつけて撮りたいから場所を移動してくれ」

カメラマンはすっかり本気になっていて、まるで渾身《こんしん》の芸術作品でも作っているつもりであれこれ指示を出している。

だが、当の九鬼と恭にしてみればもはや撮影なんぞどうでもよかった。

縄が解かれてだらんと腕が下に落ちると、背中の傷をアップで撮られているのがわかる。

「誰につけられたか知らないが、背中だけじゃ満足できないよな。この白い胸にも鞭がほしいだろ?　なぁ、違うか?」

乱暴な口調の九鬼が恭の顎をつかんで顔を持ち上げ、そんなふうにたずねる。

この跡をつけたのは陽介だと知っているくせに、今度は腹立ち紛れに自分が恭を打つつもりらしい。嫉妬《しっと》に狂った男に力任せに打ち据えられるなんてこれまでにはなかったことで、恭の胸は淫らに燃えていた。

「ほ、ほしい……」

呟いた言葉を聞こえないと言って、九鬼が大きな手を恭の首に回す。その瞬間、忘れていた興奮が全身を駆け抜けた。

榊原と別れる直前まで、二人が夢中になっていたのは窒息プレイだった。

セックスで果てる瞬間に榊原は恭の首を絞めて窒息状態にし、痙攣が彼自身をくわえ込んだ肛門にまで伝わる感覚がたまらないと言っていた。

恭もまた息が止まり、気が遠くなっていく感覚と同時に最高の高ぶりが押し寄せてきて果てる快感に病みつきになっていた。

あの危険な行為を思い出し、恭は九鬼の手に自らの手を添えて強く握りながら言う。

「打って。気のすむまで打って……」

これまで一度たりともこんな甘えた声を九鬼に対して出したことはない。けれど、今はもう自分のプライドなどどうでもよかった。そして、これは陽介に抱かれたことに対する懺悔《ざんげ》でもある。

陽介が背中を打ったように、九鬼が胸を打ってくれればいい。二人の男から愛と嫉妬の証をもらえたら、ずっと空っぽだった恭の心はこれ以上ないほど満たされるだろう。

「どうしようもない奴だな。そんなにストイックそうに見えて、誰よりも淫乱だ。淫らな体でいつまでも意地を張ってないで、さっさと手近な場所へ逃げ込んでしまえばいいんだよ。目の前にあるものに縋《すが》りつくことはみっともないことじゃないし、負けを認めることでもない」

九鬼が恭を諭すように言った。だが、周囲の誰もがその本当の意味などわからないまま芝居をしていると思い込んでいるのだろう。ただ固唾《かたず》を飲んで、九鬼が次にどんな行動に出るか、恭がどんな反応を示すかと見守っているばかりだった。

恭の体を仰向けのままにして、一本鞭を手にした九鬼がもう一度ベッドの上に上がる。そして、恭の腰のあたりに跨《また》がって立つと、白い胸を見下ろして言った。

「手で胸を庇《かば》ってみろ、タマを踏み潰《つぶ》してやるからな」

恭の両手はもう縛られていない。痛みに耐えられなければ手で胸を庇ってしまうかもしれない。あるいは、自由な両手を使って寝返りを打ち九鬼に背を向けてしまうかもしれない。

だが、彼はそれを許さないと先に釘を刺す。

自分の言った言葉に嘘はないと、恭の股間に片足を置いてぐっと体重をかけてくる。ペニス

と睾丸が一緒に踏みつけられる痛みにブルッと体が震えた。

このまま股間に痛みを与えられるのもいい。けれど、それ以上に鞭の痛みがほしい。

恭の両手は自由だったが、それでも左右に大きく開いてシーツを握り締めた。その覚悟を見て取った九鬼は不敵な笑みを浮かべて、自分の手の中で鞭を何度か叩《たた》いて鋭い音を立てる。

「泣き喚《わめ》きながら、おっ勃てていっちまいな」

そう言うと、九鬼は一本鞭を力一杯恭の白い胸に向かって振り下ろした。

九鬼の射撃の腕前は県警でも突出しているという噂《うわさ》を聞いたことがある。本人も常日頃から言っていることだが、彼はとんでもなく視力がいいらしい。

狙《ねら》いを定めれば、まず外すことがない。そして、今も太くもない一本鞭の先端部分で見事に恭の乳首を打ち据えた。

薄い皮膚が裂けるのがわかって低い悲鳴を上げると、両足を突っぱねながら両手ではさらにきつくシーツをつかむ。

もちろん、一発で済むわけもなく、狙いを定めて今度は反対側の乳首が打たれた。何度かそれを繰り返されているうちに、乳首はジンと痺れたようになって感覚が麻痺《まひ》してくるのがわかる。それと同時に、ついさっき果てたばかりの股間が三度《みたび》ギリギリまで張り詰めていく。

痛みの向こうには必ず快感がある。他の人は知らないが、貪欲《どんよく》なまでに淫らな恭にとってはいつもそうだ。だから、叫び声を上げながらも、次の一発を待ちわびてしまう。

ヒュッと空を切る音がして、すでに血の筋ができている胸に今までで一番強烈な鞭が入ると、恭の股間が白濁を撒《ま》き散らした。

周囲で思わず興奮交じりの驚きの声が上がる。さぞかし絵的にはおもしろいものが撮れているのだろう。カメラマンがずっと近づいてきて、恭の顔と股間に交互にファインダーを向けていた。

ぐったりと弛緩した体で未だ激しい息を整えていると、九鬼は手にしていた鞭を放り出しその場でしゃがみ込んだ。彼の片方の膝頭が恭の下腹を強く圧迫するのを感じて、もう少しだけこのまま休ませてほしいと懇願しそうになっていた。

だが、九鬼はそれすら許す気はないとばかり、自分のいきり勃った股間を見せつけるようにしてたずねる。

「どうだ、いくら出しても腹の中は寂しいままだろう?」

意地悪く訊かれて恭が荒い息のまま返事をしないでいると、九鬼はまた髪をつかみ同じ質問をする。もう片方の手ではさんざん打って血が流れ出している乳首を人差し指の腹で強く擦っていた。

それでもまだ息が苦しくて答えられずにいたら、今度はヒリヒリと痛む恭の乳首を強くつまみ上げて悲鳴を上げさせる。

「悲鳴を上げる元気が残っているなら、ちゃんと答えろ。俺のこれがほしいか？」

陽介と違って、九鬼が意外にも地味に鬼畜だということがわかった。

器具を使って拘束されるのも辛《つら》いが、薬の力で怒濤《どとう》のように押し寄せてくる快感に何度も果てて、それでもまだ追い立てられるのもまた辛い。

おまけに九鬼はまだ一度も出していなくて、この先何度恭ばかりが射精を強いられるのかと思うと、ひどく不安な気持ちになるのだ。

それでも、髪をつかまれ頭だけ持ち上げられて、跪《ひざまず》いた九鬼の股間を目の前に持ってこられれば口を開いてしまう。ほしいと口で言う前に舌を差し出しそれを求めたら、九鬼が微かに笑ったのがわかった。

「よし、いい子だ。もう一度充分にしゃぶっておきな。そうすりゃ、すぐに突っ込んでやれるからな」

そう言いながら恭の長い前髪を横に流して、口で九鬼のものをくわえている顔がビデオにはっきり映るようにする。

口でしっかり濡らせば、もうすぐ九鬼自身をもらえる。まだ一度も彼のものを与えられていないことに恭の体はひどく不満を感じているし、もう一刻も早くそれがほしい。

けれど、頭の片隅でふと冷静になってみれば、この撮影が終わると同時に恭の命は風前の灯となるのだ。

撮影が始まる前は、いっそこの世の最後の快楽を存分に貪ってやろうと思っていた。だが、考えてみたら、恭だけが命の危険に晒されているのではない。今となっては九鬼ともども一蓮《いちれん》托生《たくしょう》の状況にある。

せめて九鬼がカメラマン達と一緒に引き上げてくれたなら、彼だけは安全にこの場から逃げ出すことができる。けれど、九鬼が恭をここに残していくとは思えない。それくらいなら、そもそもこんなところまで後先考えずに飛び込んできているわけがない。

さっき宇崎がはっきりと撮影が終われば恭にシオンを打つと口にしている。いったんこの部屋を出て、カメラマン達と別れて警察に連絡を入れている間にシオンを打たれたら、それですべては終わりだ。

だとしたら、一か八かでも丸腰で宇崎と対峙《たいじ》して恭をこの場から救い出そうとするだろう。刑事であるという以前に、九鬼はそういう男だ。

やはり頼みの綱は陽介だけだった。この状況であまりにも心許ないとはいえ、今となってはこの撮影が終わる前に彼が駆けつけてくれることを祈るしかない。

仰向けに寝ながら肘をついて上半身を少し起こし、髪をつかまれた顔を九鬼の股間に埋めながら、命と快感の時間がせめぎ合っている。

この刹那《せつな》に一緒にいてくれる九鬼に対して申し訳なく思いながら、それでも他の誰でもなく彼でよかったと思っている。死ぬ前にこの気持ちを伝えることはできるだろうか。

そんないつになく殊勝な恭の言葉を聞けば、九鬼はきっと催淫剤のせいだと笑って受け流してしまうかもしれない。

「んんっ、ぐ……っ、ううっ」

すでに充分に張り詰めている九鬼自身が、一層硬く大きくなるのを感じたとき、恭の口からそれが引き抜かれた。

撮影の時間を引き延ばすために頑張っていた九鬼も限界が近いのだろう。カメラマンの視線もそろそろ本番を撮ろうと指示を出していて、低いアングルで迫っている。

「こいっ」

短く九鬼が言って、恭の二の腕を引く。抱き寄せられ唇を合わせている間に素早くコンドームをつけると、九鬼がベッドヘッドに背を凭《もた》せかけて座ったので、恭は向き合う格好で彼の腰の上に跨る。

一度腰を浮かせてから九鬼自身の上に狙いを定めていると、いきなり体を反対向きに返された。

「あっ、どうして……」

つい恨めしげに言ってしまったのは、九鬼に背中を向けてしまったら唇を合わせることができないからだ。

だが、振り向いた目の前にカメラがあって、これが撮影だったことをいまさらのように思い出す。

恭はカメラの前に傷ついた白い胸や、性懲りもなく屹立《きつりつ》している股間のすべてをさらけ出して、九鬼の上に腰を落としていった。

熱く大きなものが深く抉《えぐ》るように体の中に入ってくるのを感じながら、たまらず甘い声を上げる。

「ああーっ、あうっ、ふぅ……っ」

両手を高く上げて後ろに回して九鬼の首や頭をつかみ、それを支えにして自ら腰を上下に振った。

最初はレイプビデオを撮るつもりだったカメラマンも、もはやそんなコンセプトなどどうでもよくなっているのか、ひたすら続く九鬼と恭の激しい濡れ場にカメラともども釘付けになっている。

もはや薬の効果が続いているのかどうかさえもわからない。ただあまりにもよくて、今だけは何も考えたくなかった。

「い、いいっ。もっと、もっと奥まできて……」

そう言いながら顎を上げて後ろを向くと口づけを求める。

九鬼の片方の手は恭のペニスを擦り、もう片方では血が固まりはじめている乳首をつまんでいる。その愛撫に身悶えながら、唇を深く重ねつつ恭は激しく腰を上下させる。

濡れた音が響く中、カメラがペニスを呑《の》み込む局部をアップにしては恭と九鬼の表情を抜く。

やがて限界を迎えた恭の股間が弾けると同時に、体の中でも薄いゴム越しに熱いものが叩きつけられるのがわかった。

「ああ……っ」

長い溜息とともに、恭の体が弛緩して崩れ落ちる。それでもまだカメラは精液と血でドロドロになっている恭の体を、頭から爪先まで撮っている。

余韻を持たせるようにしばらくベッドに倒れ伏す恭を撮り続けていたが、ようやくカメラを止めて言った。

「間違いなく最高傑作だ。絶対に売れるぞ。宇崎さん、悪いね。取り分そっちが二割の約束、いまさら変更は認めないから」

すっかり上機嫌のカメラマンともども、照明と音声の男も興奮冷めやらぬ様子で額の汗を拭い、吐息を漏らしつつ自らの股間を握っていた。

「今回は無理を言ったから、しょうがねぇな」

さすがに焦って安売りをしてしまったと後悔しているのか、宇崎は舌打ちをしていた。

「ここまでの素人も滅多にいないし、いっそ始末しないでしばらく飼っていてもいいんじゃないの。今度はもっとハードなやつを撮ってみたいし。そうだな、複数プレイとか、公開調教とか、本格的な器具で責めるのもいいな」

カメラマンがすっかりその気になってあれこれとアイデアを出すが、宇崎は首を横に振る。

「そういうわけにはいかねぇんだよ。これ以上欲を出して、サツに足がついたりしたら一巻の終わりだ。でかい計画のためなら、小さい商売に構っちゃいられねぇ」

彼らの会話を聞きながら、ベッドから下りた九鬼が恭の腕を引く。

「おい、もう一度シャワーを使うぜ。こいつもこのままにはしておけないだろ」

一瞬考えていた宇崎だが、シオンを打ってここから放り出すにしても、この体のままではSMプレイの形跡からビデオのことや自分達との関係がばれたら困ると思ったのだろう。

「さっさとすませろ。それから、そいつのことはこっちで始末をつけるから、おまえも命が大事ならここで聞いた話は全部忘れてしまえ」

「なんだか知らないが、物騒なことに巻き込まれるのはごめんだ。シャワーだけ浴びたら、言われなくてもさっさと退散するさ」

九鬼はそう言い捨てると、恭を連れてバスルームに入る。そして、二人きりになるなり、心配そうに訊いてくる。

「大丈夫か？」

「さんざんな目に遭わせておきながら、どの口で訊いてるんです？」

さすがに薬が抜けたのか、体は疲弊しきっていたが、頭はいくぶんはっきりしていた。

「そっちこそさんざん楽しんでおいて、そう噛みつくなよ。それより時間がない。どうやら藤《ふじ》森《もり》の小僧は当てにできそうにないらしい。こうなったら、二人でやるしかないな」

確かに、揉《も》めている場合じゃない。九鬼に吐きつけたい言葉は生きて帰れたらたっぷり言ってやるとして、今は自分達の力でこの危機的状況を打開する方法を考えるしかなかった。

一度はすべてを諦《あきら》めかけていた恭も、九鬼がこの時点でもまだ何一つ投げていないと知って目が覚めた。

弱気になってみすみすあんな悪党に殺されてたまるものか。そんな気持ちだけが、限界の体力を奮い立たせる。

死ぬ瞬間に九鬼といてよかったと思うより、生きていてこの男がそばにいることのほうが自分の人生は愉快だろうし、きっと幸せに違いない。だったら、諦めるのはやれることをやってからでいい。

　過去に傷ついたとき、自分は絶望に支配されて何もかもを捨ててしまった。積み重ねてきたものがほんの一部分壊れただけなのに、それでも自らの手で全部を放棄した。

　弱いくせに潔癖なあの頃の自分とはもう違う。ずぶとくてしたたかな生き様を見せつける二人の男のせいで、恭は変わったのだ。

「で、どうするんです？　ちゃんとした計画があるなら聞きますけど、よもや行き当たりばったりというわけじゃないですよね？」

　恭がバスタブに入ってシャワーをひねると、九鬼もあとを追うように入ってきて一緒に体を洗いながら耳元で囁く。それは、計画といえば計画で、結局は行き当たりばったりなんだが、それしかないと恭も思うアイデアだった。

　何度も一か八かで生き延びてきた九鬼だ。これで生き延びることができなければ、そのときこそ彼と一緒に死ねばいい。そう思った瞬間、恭に恐れるものはなくなった。

◆
◆

シャワーのあと恭はジーンズとシャツを羽織って戻ってきた。これは部屋を飛び出すための準備の一つだ。

一緒にバスルームから出てきた九鬼は恭を突き飛ばすようにして、部屋の片隅に座らせる。その場所は玄関へ続く廊下のそばの隅で、一応計算と打ち合わせがあってのことだった。

そして、九鬼はここへきたときと同じようにサングラスをかけると、まだそこで宇崎と話していたカメラマン達に言う。

「機材の片付けが終わってるなら、さっさと行こうぜ。約束どおり、日当の十万と、男の相手をした分の上乗せでもう十万。二十万、きっちり耳を揃えて払ってもらうからな」

素人の男優に払う金額としては高額なんだろうが、それでもカメラマンは上機嫌で頷《うなず》いている。おそらく、このビデオが出回ればかなりの金額を稼げると踏んでいるのだろう。

宇崎に渡す分が交渉の末二割で済んだこともあり、利益率のよさを考えれば相当においしい仕事だったらしい。照明と音声を担当していた二人も最後まで恭を下卑た目で見ながら、機材を抱えて名残惜しそうに部屋を出る準備をしていた。

「じゃ、宇崎さん、俺達はこれで。ビデオの編集は今週中にやって、サンプル映像は来週頭にはネットで流す予定だから、そっちに初回の二割分振り込むのは二週間後ってことでよろしく」

カメラマンの言葉に軽く手を上げて応えた宇崎は、撮影が終わったところでまた携帯電話を取り出して、着信メールを確認している。

そのとき、あれほど用心深かった宇崎にも少しばかり油断ができていたようだ。

恭は部屋の隅でぐったりと座り込んでいるものの、手錠をかけられているわけでもなければ、後ろ手に縛られているわけでもなかった。

内心これならいけると恭も思ったし、きっと九鬼も同じ思いだっただろう。

シャワーを浴びながら聞いた九鬼の計画は、とりあえずいったんカメラマン達と一緒に部屋を出て、すぐさま携帯電話を忘れたという理由でもって一人でこの部屋に戻ってくることだった。

そうすれば手下どもが出払っている今、宇崎は拳銃を持っているとはいえ一人だ。九鬼と恭の二人がかりでならいくぶん勝算はあるはずだ。

ただし、発砲による負傷の可能性もあるし、騒ぎを聞きつけてカメラマン達が戻ってくることも考えられる。すべてはタイミングが勝負の賭《かけ》だった。

誰もが気づいていないが、九鬼の携帯電話はこの部屋にきたときに置いた窓枠のところにある。このまま部屋を出ていけば、すべては計画どおりだ。

九鬼達が廊下を歩いて玄関に向かう時間が異常に長く感じられる。もし、この瞬間、誰かが九鬼の携帯電話について気づいたら何もかもおしまいだ。

そして、宇崎が思い出して恭の手足に手錠をかけても計画に大きな狂いが生じる。

ほんの数十秒がまるで何分にも感じられて、恭の体は緊張に震える。

と、まさにその瞬間だった。玄関のインターフォンが鳴り、部屋にいた全員がそれぞれの理由でギクッと体を硬直させる。

九鬼を含めたカメラマン達が廊下で足を止めて一斉に宇崎を振り返った。宇崎も訪問者など予期していなかったのか、ひどく険しい表情でスーツの内ポケットに手を突っ込んでいる。

恭もまた九鬼との計画に変更を余儀なくされることを案じて、内心冷や汗が流れる思いでじっと息を潜めていた。

そんな中、宇崎は警戒心をあらわにしたままインターフォンに出る。

「誰だ?」

全員が固唾を呑んで聞き耳を立てていると、インターフォンからではなく直接ドア越しに韓国語が聞こえてきて、宇崎がわずかに緊張を弛めるのがわかった。

「李《リ》か? 小西《こにし》と金《キム》も一緒か?」

返事は韓国語を理解しない恭達にはわからなかったが、どうやら例の三人が戻ってきたらしい。宇崎は廊下にいたカメラマンにドアを開けろと指示をした。

そのとき、恭の心臓は鋭い爪を持つ手にわしづかみにされたように激しく鳴っていた。

小西と二人の韓国語を話す男達が陽介の舎弟の目を盗み、恭の部屋に侵入してシオンの入った煙草のパッケージがないことを突き止めたのだとしたら、もはや絶望的な状況になったということだ。

せっかく気力を振り絞って九鬼と二人で闘う覚悟を決めたというのに、すべてを台無しにするタイミングで宇崎の手下どもが戻ってきた。これでは、カメラマン達もまだここにいるから、最悪の七対二の争いになる。

どうやら運命は九鬼と恭の味方ではないらしい。その苦い現実に、たまらず両手で自分の顔を覆い、溜息を漏らしてしまう。

せっかく立ち直りかけた気持ちが萎《な》えていくのを感じながら、恭は廊下と部屋の隅という九鬼との距離を恨めしく思っていた。

そして、ガチリと玄関ドアのロックが外される音がして、恭が強く目を閉じたときだった。

「ぐぇ……っ」

いきなり鈍い呻き声が聞こえて、廊下がにわかに騒がしくなる。それを聞きつけた宇崎が驚いたように廊下へと飛び出していく。

何が起きているのかわからずにいた恭も、宇崎の視線が完全に自分から離れたところで這うようにして廊下を見ようと顔を出す。

そこには宇崎の手下である小西や金、李の姿はなく、恭のよく知っている無駄にスタイリッシュな男が立っていた。それは待ちかねていた陽介だった。

「なんだ、おまえっ。どこのもんだっ?」

宇崎の怒鳴り声が聞こえ、さっきまで恭を下卑た目で見ていた照明係の男と音声係の男がパニックになって叫びながら外へ飛び出していこうとしている。

そんな連中を体で堰《せき》止めると、恭の名前を大声で呼ぶ。

「恭、無事かっ? 助けにきたぞっ」

そう叫んだかと思うと、冗談で九鬼と話していたとおり長刀を携えていて、今まさにカメラマンの喉下に切りつけようとしていた。

「よせっ。殺す気かっ」

血走った目の陽介を九鬼が怒鳴りながら止めると、自ら素早くカメラマンの鳩尾《みぞおち》に鋭い蹴《け》りを入れて失神させてしまった。それは見ているほうまで眉間《みけん》に皺《しわ》が寄るほど強烈な蹴りだったが、日本刀で首の動脈を切られるよりはずっといいだろう。

そばにいた照明係と音声係はいよいよパニック状態となり、機材を放り投げるとかぎられたスペースで右へ左へと逃げ惑うだけだった。

一瞬にして敵味方がマンションの狭い玄関と廊下で入り乱れていたが、カメラマンと同様に他の二人もしょせん九鬼と陽介の敵ではない。

ものの数秒のうちにその場で立っているのが自分だけとなった宇崎が、きびすを返して部屋の中に駆け込んでくる。

それを見て素早く身を翻した恭だったが、いつもの自分とは違い激しく体力が衰えている状態では俊敏に部屋の隅に戻ることができなかった。

恭の身を自由にしていたことにいまさらのように気づいた宇崎は、目尻を吊《つ》り上げながらも瞬時の判断で拳銃を片手に叫ぶ。

「てめぇら、何もんだ?　サツか?　どっかの組のもんかっ?」

廊下に向かって怒鳴りながら、恭の首に腕を回すとその体を引きずるようにして部屋の窓際まで下がる。しまったと思ったものの、完全に人質状態となってしまい恭は思わず歯噛みをするしかなかった。いくら体力がないとはいえ、これではとんだ足手まといだ。

「おい、恭を放しやがれっ。何もんじゃねぇんだよ、この野郎。俺の顔を知らねぇところをみると、いよいよドチンピラらしいな」

陽介がそう言いながら長刀を構えてジリジリとすり足で間合いをつめている。その横で九鬼は半身に構えながら宇崎の手元の拳銃から視線を離すことなく言った。

「俺のことも気づいてなかったんだから、そもそもハマの人間でもないだろう」

「いや、そんな髭生やしているからわからなかったんじゃねぇの。っていうか、旦那、自分で思っているほどハマで顔が売れてるわけでもないから」

こんなときなのに、陽介がからかうように言ったので、九鬼が本気でムッとしている。

「しょうがないだろ。捜査に追われて髭を剃《そ》る間もなかったんだよ」

確かに、陽介は横浜《よこはま》のヤクザ者では知らない者がいない藤森組の跡取りだ。片や九鬼は県警の名物刑事であって、横浜の悪党連中には十二分に顔が売れているはずだ。

そんな二人を見ても怯《ひる》むことのなかった宇崎が何者なのかなど、今はどうでもいい。恭にしてみれば、この状態を自らの手で打開しなければという思いだけだった。

こめかみに押し当てられた銃口の冷たさに、いっそ心が平静になる。

睨み合う宇崎と九鬼と陽介。その狭間《はざま》にいて喉を絞められていた恭は、ふっと全身の力を抜いて体を床に落としながら、宇崎の首の後ろに手を回して前のめりに倒す。

ふいをつかれたことと恭の全体重をかけた技に、宇崎は膝を折って床に倒れ込みそうになった。が、いかんせん、体力のない恭の技にはあまりにもキレがなかった。

中途半端な状態でかけた技によって、恭は宇崎とともにその場で崩れ落ちる。

その瞬間、九鬼と陽介が同時に宇崎に飛びかかった。陽介の長刀が宇崎の手首をはじき、拳銃が空を飛んだ。

それを見た九鬼は片膝ついて座り込んでいる恭の手をつかみ振り回すようにして陽介のもとへと投げ飛ばし、その反動で自分は少し離れた場所に転がり落ちた拳銃に向かってダイビングする。

宇崎も形勢が逆転した今、拳銃を失えば自分に勝機がないことは目に見えているので、懸命に手を伸ばして床に這う。

拳銃の前で互いの体がぶつかり合わんばかりの勢いで交錯したが、いち早くそれを手にしたのは宇崎だった。

体勢が整わないうちに拳銃を構えたかと思うと、パンと乾いた破裂音が部屋の中に響き、同時に血しぶきが上がるのが恭の目に映った。

中腰で立ち上がりまだ両手で拳銃を構えたままの宇崎と、その前で片膝をついてしゃがんでいる九鬼。血は九鬼の右肩のあたりから噴き出して腕を伝って流れていく。

「九鬼さんっ！」

青ざめた恭が叫ぶ。

銃弾に肩の肉を抉られ、左手で傷口を押さえている九鬼の額に向かって宇崎は至近距離から銃口を差し向ける。

絶体絶命の状況を目前にして、恭は陽介に支えられている体を振りほどいて九鬼のところへ駆け戻ろうとした。

「ダメだ、恭っ！」

陽介が慌てて恭の体を羽交い絞めにして引きとめる。その様子を横目でチラッと見た九鬼が怒鳴る。

「陽介、早く恭を連れて逃げろっ」

宇崎はしっかりと九鬼に狙いを定め、鬼のような形相になった。

「ふざけやがって。てぇめら、みんなグルか？　冗談じゃねぇぞ。誰にも俺の計画は邪魔させねぇからな」

「ふざけてんのはそっちだ。自分の欲にかぶれきった、この腐れ外道が」

こんな状況でもまだ宇崎を挑発する九鬼に、さすがの陽介も青ざめていた。

「九鬼の旦那っ」

叫んだ陽介の腕の中で恭は力の入らない体を引きずってでも九鬼のそばへ行きたいともがいていた。

「おい、そこの二人。おまえらもじっとしてな。でなけりゃ仲間の頭がふっ飛ぶぜ」

宇崎はその一言で陽介と恭の足も完全に止めてしまった。だが、九鬼自身が二人の背中を押す。

「いいから、行けっ。俺に構うなっ。陽介、恭を頼む……」

その迷いのない声にカッとしたように宇崎が拳銃を手の中でくるっと回し、グリップ部分で九鬼のこめかみを打った。

「やめろーっ」

激痛に九鬼の体が床に崩れ落ちるのを見て、恭が悲鳴交じりに叫ぶ。

宇崎は苛立《いらだ》ちをあらわにして、いったん拳銃を自分の耳の横に立てたかと思うと、ゆっくりと手のひらの中でグリップを持ち替える。

「無駄口なんぞきけなくしてやる。あの世で仲間がくるのを待ってな」

そう言いながら宇崎があらためて拳銃を構えると、九鬼の脳天を狙った。このままでは九鬼を失ってしまう。絶対にいやだと恭の心が叫んでいた。

そのとき、陽介に抱えられながら床に膝をついていた恭の手元に何かが触れる。それは、撮影の前にシャワーを浴びたあと腰に巻いて出てきたタオルだった。

撮影で取り払ったあとずっと床に放置されていたタオルを握り締めて引き寄せると、恭は呼吸を整える。後ろでは陽介が長刀を片手に居合いの格好でタイミングを読んでいる。

拳銃の速さに勝てるはずはなくても、こうなったらやるしかないと思っているのだろう。

宇崎が撃鉄を持ち上げたその瞬間、恭が手にしたタオルの片方の端を素早く投げた。渾身の力を込めて投げたタオルは一本の槍のようになって飛んでいき、拳銃を持つ宇崎の手首にくるっと巻きついた。

タオルを使った恭の得意技の一つだった。

ハッとしたように息を呑んだ宇崎だったが、間髪容れずに自分の膝を折ってしゃがみ込む格好でそれを引いた。すると、拳銃を取り落とした宇崎がバランスを失って前のめりに倒れそうになる。

「今だっ」

恭の力ではここまでが限界だった。素早く踏み込んでいって関節技をかける余裕はない。

だが、そこまですればあとは陽介がカタをつけてくれる。居合いで抜いた長刀をクルリと返して峰の部分で宇崎の首筋を強打した。

その間に、九鬼が撃たれた腕に構うこともなく飛び込んでいって、今度こそ拳銃を部屋の隅まで蹴り飛ばした。

峰打ちとはいえ宇崎は気が遠くなっているのか、朦朧《もうろう》とした目でグラグラと体を前後左右に揺らしながらついには床に倒れ伏した。

「やった……か……」

九鬼が呟きながらゆっくり立ち上がり、部屋の隅まで歩いていき蹴り飛ばした拳銃を拾いにいく。陽介も呼吸を整えてから長刀を鞘《さや》に納めた。

恭はいよいよ精も根も尽き果ててその場にペタリと座り込んでしまった。そのそばへ九鬼がやってきて目の前で膝をついて座る。

「無茶しやがって。でも、おかげで命拾いしたぜ」

右肩とこめかみから血を流しながら、それでも笑顔で恭の頬に手を伸ばすと本当に優しい声で言った。

「よかったよ。恭が無事で……」

撫でられた頬が熱かった。気がつけばボロボロと涙がこぼれて落ちていた。助かってよかった。九鬼こそ無事でよかった。陽介がきてくれてよかった。

「本当に、恭が無事でよかった。俺としちゃ、旦那はいっそ殉職してくれてもよかったんだけどな」

感動的に見つめ合う九鬼と恭の頭上で、陽介が長刀を肩に背負いながら言う。さっきまで自分だって命がけで九鬼のために危険を冒そうとしていたくせに、本当に素直じゃない男だった。

「あのな、おまえがもっと早くきてりゃよかったんだよ。やっときたかと思ったら、どうしようもなく微妙なタイミングで飛び込んできやがるし、おまけにチャカじゃなくてドスなんか持ってきやがるし、あげくに一人でくるってのはどういうつもりだよ。おかげでこっちはすっかり満身創痍《そうい》じゃねぇか」

どうせ武器を持ってくるなら、日本刀ではなく拳銃を持ってこいなどと言う刑事がどこにいるんだろう。おまけに舎弟をゾロゾロ引き連れてきたりしたら、それこそちょっとしたカチコミになってしまう。

呆《あき》れたように肩を竦める陽介と恭だったが、目の前で九鬼がしかめっ面になって低く呻く。ハッと気がつけば九鬼の顔色が青くなっていた。

これだけ血を流しているのだから、貧血を起こしているのだろう。あるいは、出血の量からして失血性のショック死の可能性もないわけではないから、我に返った恭が焦って叫ぶ。

「陽介さん、救急車っ。早くっ」

九鬼の巨体をそっと床に横たえた恭は、さっきのタオルを細長く破って腕の付け根をきつく縛り止血をする。額にもタオルを巻きつけて、流れた血が目に入らないようにしてやった。

「恋人が元医学生だと、こういうときに便利だよな」

「誰が恋人ですか。無駄口を叩いてないで、安静にしていてください」

陽介は救急車を呼ぶと、部屋の隅で倒れたままの宇崎の手足に手錠をかける。この部屋に連

れ込まれてから恭の手足を拘束していた手錠だ。

それから、廊下に行くとそこで相変わらず立ち上がれずにいるカメラマンと他の二人を縛り上げた。

その間に恭が窓枠に置いたままになっていた携帯電話を取ってやったら、九鬼は自ら県警に応援を頼む。

「おい、藤森の小僧、おまえはさっさと引き上げろ。県警の人間がきたら面倒なことになるからな」

「言われなくてもそうするよ。本当は恭も連れて帰りたいところだが、そうもいかねぇだろうからしょうがねぇ。いいか、旦那。今にも死にそうな体で、くれぐれもセクハラなんかしてんじゃねぇぞ」

陽介はそれだけ言い残すと、長刀を肩にして部屋を出ていく。

遠くから救急車のサイレンの音が響いてきて、ホッとした恭が今一度九鬼のそばに寄り添えば、怪しげな手が腰のあたりに伸びてきた。

陽介に釘を刺されていたにもかかわらず、本当に懲りない男だ。でも、ついさっきまで魂が溶け合うほど愛し合った男であり、命がけで恭を守ってくれた男なのだ。

「九鬼さん、ありがとう……」

素直な気持ちで呟いた恭は、自分の腰を撫で回している大きな手の甲を指先で力一杯抓《つね》り上げてやった。

◆◆

恭が拉致《らち》されたあの日、九鬼が途中で途切れたメッセージを聞いたのは、着信から約三十分後のことだった。不審に思った九鬼は何度も連絡を取ろうと試みてくれたようだが、もちろん院の床に落とした携帯に出る者はいなかった。

その後、すぐに外で張り込んでいる警官に確認を要請すれば、院はもぬけの殻となっていると聞かされたそうだ。

横浜で北朝鮮ルートを使い薬を入れている組織を洗う作業は続けられていたが、恭が拉致されたとなっては一刻の猶予もなかった。

「九鬼の旦那から血相変えて連絡が入ったときは、俺もマジで焦ったぞ」

陽介の言葉を聞きながら、恭もいまさらのように自分がどれほど危機的な状況だったかを思い、生きていることに感謝の気持ちでいっぱいになる。

宇崎達と同時にAVビデオを制作している連中もまとめて逮捕されたあと、九鬼はそのまま市大病院に運び込まれて入院となった。

恭もまた検査のため一日だけ入院を強いられ、傷ついた体を診察されて少々恥ずかしい思いをした。それでも、自宅に戻った一昨日からは体力もすっかり回復し、警察の事情聴取にも出かけているし、院のほうも再開に向けて準備をしている。

今日は午前中に警察に出向いてから、午後は陽介の運転する車で一緒に九鬼の見舞いに行くところだった。その道中、九鬼と陽介がそれぞれどうやって恭のいる場所にたどり着いたのか、そのいきさつを聞かされていた。

「北朝鮮ルートたって素人がやっている商いまでは俺らも把握してねぇし、とにかく恭の命がかかっているから、旦那と共同戦線を張って虱潰《しらみ》しに探したさ」

「九鬼さんに尾行をつけてたんでしょ?」

「ああ。警察はしょせん信用できねぇからな。こっちの情報は当たり前のような顔で取っていくが、自分らの情報はカマをかけて訊くか、喰い下がって訊くかしねぇと出してこないからな。だから、念のためうちの若いもんにあとをつけさせていたんだ」

そのわりに九鬼が撮影スタッフと一緒にマンションにやってきてから、陽介がくるまでにずいぶんと時間がかかっていた。

「本当にあのオヤジだけはどうしようもないぜ。そもそも、宇崎って男達の情報をつかんできたのは俺の子飼いの舎弟だったのによ」

聞けば、宇崎からシオンをただで渡されたホームレスの一人が、それを繁華街でたむろっている若い男に売りつけようとしている現場を押さえたのがきっかけだった。

陽介の舎弟の一人が自分達の組のシマで勝手に商売しているホームレスを締め上げたところ、宇崎とその仲間数人の存在が浮かび上がったというのだ。

「俺がそれを九鬼の旦那に伝えた途端単独捜査に突っ走りやがって、わざとなのかそれだけ焦っていたのか知らねぇが、俺がつけていた尾行の舎弟もまいちまったんだ」

ある程度的が絞れたら、九鬼が宇崎を捜し出すのはそれほど難しくもない。いくら横浜の人口が多いといっても九鬼にとっては知り尽くした街だ。

九鬼は自分だけの情報屋も何人か持っているし、それらの情報網を駆使したことにより、約二十四時間で例の宇崎らしい一派が男を抱ける男優を急遽《きゅうきょ》探しているという噂にたどり着いたのだろう。

それにしても、陽介のつけた尾行を泳がせているなんて言っていたが、九鬼は自分でも知らないうちにその尾行をまいていたようだ。それではいくら待っても陽介の助けはこないはずだ。

「だったら、陽介さんはどうやってあの場所を探し当てたんです?」

「九鬼の旦那は携帯にかけても出ないし、しょうがねぇから俺らは恭の自宅のほうから突き止めた」

恭の自宅マンションを見張っていた陽介の舎弟が小西の存在に気づいたのは、恭が拉致された翌日だったそうだ。

最初はマンションのどの部屋を見張っているのかわからずに泳がせていたが、その日の午後になって怪しげな韓国語を話す二人の男が合流して、恭の部屋へと向かうのを見て陽介に連絡をしてきたというのだ。

「じゃ、その連中を締め上げて、俺が監禁されている場所を訊き出したってことですか?」

恭がたずねると、陽介はフェラーリのハンドルを切りながらちょっと気まずそうな顔になる。

「あっ、そうなんだけど、ちょっと俺も恭の命がかかっていると思うと焦ってたもんで、つい……」

「つい、どうしたんですか?」

「つい力が入りすぎて、三人とも半殺しの状態にしちまって……」

それで、三人のうちの一人が正気に返るまで少々時間がかかってしまったらしい。

九鬼も九鬼だが、陽介も陽介だ。呆れて溜息を漏らしたが、同時に苦笑も漏れていた。

それでも、拳銃を持ってこなかったことと、単独で乗り込んできたのは賢明な判断だったと思う。

あのあとの現場検証で宇崎が所有していたものとは違う拳銃の弾痕《だんこん》が見つかれば、捜査上おおいに問題になっていただろう。

また、舎弟を大勢引き連れてきていたら、その騒ぎに驚いた近所の人から警察に連絡がいき、陽介が一足先に姿を消す時間はなかったはずだ。

もっとも、陽介が一人でやってきたのは、恭という自分のプライベートに関わるトラブルで可愛い舎弟を危険に晒すわけにはいかないという思いがあったからだろう。

普段どんなに顎で舎弟を使っていても、けじめだけはきちんとつけている男なのだ。

そんな陽介が先に現場から立ち去ったのは、藤森組の跡取りとして県警と無駄な軋轢《あつれき》を避けるためでもあるが、もう一つ大きな理由があった。

それは、あのとき撮られたマスタービデオを持ち出すことだった。あれを残していったら証拠品として県警に押収され、捜査員の目に触れることになる。それだけは恭も耐えがたかったが、九鬼も困るし、陽介にしてもここで九鬼に恩を売らずにいつ売るんだという気持ちだったのだろう。

今は宇崎とその仲間の取り調べが続いているが、陽介の存在について恭の供述と矛盾する点もいろいろ出てはきている。だが、そのあたりのことは九鬼がどうにかしてくれるだろう。

県警としては、なによりも通り魔事件の元凶であるシオンを売りさばいていた宇崎を押さえたことが大きい。世の中のあらゆる事件は、一点の曇りもなくすべてが解明されることなどないのだ。うやむやのままでいいこともときにはあるし、今回の事件の一部分もそうだと恭は思っている。

「それにしても、宇崎という男は何者だったんですか?」

県警の取り調べに協力している手前差し支えのない範囲では聞かされていても、最近になって横浜を根城にしているチンピラだという情報しかもらっていない。

陽介はいつしかすっかり深まった秋の風を取り込もうと運転席の窓をほんの少し開けて、窓枠に肘をついた。

「奴は以前、神奈川《かながわ》の西部を押さえている伊吹《いぶき》組の構成員だった男だ。ただし、組の金の使い込みや着服なんかでわりと早くに破門になっている」

「そのわりには、指が揃っていたようですけど」

「指を詰めるってのは、筋を通すってことだ。奴のような仁義も何もない狂犬なんぞの指は置いていかれても、組のほうが困るんだよ」

つまり、それほどに人間のクズだということらしい。

その後は池袋《いけぶくろ》に流れていき、組織にいた頃に身につけた知恵で美人局《つつもたせ》やＡＶビデオの制作販売、金融詐欺などに手を染めて汚い金をかき集めていたようだ。

「そういえば、資金を貯めて自分の組を立ち上げたいとか言ってましたね」

「ああ、それで少しでも地の利がある神奈川に戻ってきて、手っ取り早く金になる薬に手を出したってわけだ」

そもそも宇崎が薬に手を出すきっかけになったのは、金と李という二人の在日三世と知り合ったからだった。

その頃すでに宇崎が舎弟として面倒を見ていた小西が街で見つけてきた金と李は、どこにでもいそうな不良の成れの果てだった。が、韓国語を話せた彼らは宇崎の指示により横浜港に入ってくる北朝鮮の船と巧みに交渉を持ち、薬の密輸を手助けするようになった。

そんな中、二人は北朝鮮船籍の乗組員からシオンの存在を知らされ、それを宇崎に報告した。どこの組織もまだ手を出していない新しいドラッグを手に入れることができる。それも、北朝鮮の船の乗組員から直接受け渡しをしてもらうことができるのだ。間に入った業者にいっさいのマージンを払うことなく、安い金額で買い上げることができる薬はかなり魅力的な話だったに違いない。

だが、まんざら素人でもなかった宇崎は、安く手に入る薬のリスクもちゃんと承知していた。

だから、最初の段階でホームレスを使ってモニタリングすることを思いついたのだろう。

そして、それが思いも寄らぬ結果を引き起こした。あまりにも強力なシオンに一度使用しただけの連中が次々にフラッシュバックを起こして、自殺したり犯罪に走ったり、あげくには通り魔事件を起こす奴まで出てきたのだ。

運悪く恭が例のパッケージを拾ってしまったのは、連中が慌てて回収作業をしている最中のことだ。もはや己の不運を恨むよりも、こういう星の元に生まれついているのだと呆れてしまうしかない心持ちだった。

その昔、驕《おご》っていた自分に天罰が下ったように、結局自分はあのときから不運の星を背負い続けているのかもしれない。

「恭にしてみれば、とんだ災難だったよな」

陽介が今回の一連の出来事を思い出し、しみじみと呟くように言った。

「でも、おまえが無事でいてくれて本当によかったって思っているんだ。それは、九鬼の旦那も俺も同じ思いだ。恭に何かあったらきっと俺らの人生はひどく色褪《いろあ》せてしまう。だから、ずっとそうやって俺達のそばにいてくれよ」

陽介がそんなふうに言うなんて思ってもいなかった。

九鬼が自分にとって公私にわたり厄介な相手であるにもかかわらず、陽介は彼のことを男として認めている。きっと恭が心のどこかで九鬼の存在を無視できずにいることも、ちゃんとわかっているのだろう。

そして、こんな自分が生きているだけで、九鬼も陽介も嬉しいと言ってくれた。

「べつにどこへ行く予定もありませんから。俺は叔父が戻ってくるまで、ずっと青山《あおやま》整体院を守っていくだけです」

陽介の言ったのはそういう意味じゃないとわかっていても、わざと素っ気なくそう答えてしまった。それは、恭自身がひどく照れていたから。

でも、そのとき、九鬼には言ったお礼の言葉をまだ陽介には言っていなかったことを思い出した。

「陽介さん……」

彼の名前を呼んだあと、そのまま沈黙が続く。

赤いフェラーリは中華街からわざと幹線道路を外れて、無駄に目立ちながら労働者がたむろしている寿町《ことぶきちょう》を通り抜けると、市大病院の駐車場へと向かっている。

「ありがとうございます。俺も生きていてよかったと思っています。とりあえず、今は本気でそう思っていますから……」

ひどく刹那的に生きていたときもある。自分の中のすべては燃え尽きてしまったのだと、何もかもが投げやりになっていた時期もある。

体の飢えさえも放置してきた。特別な性癖だからこそ、快楽に溺れたあとの反動は大きい。己の淫らさや性に対する貪欲さに吐き気さえ覚えるときもあったのだ。

けれど、頑に殻に閉じこもっていた恭を外の世界に引っ張り出してくれたのは叔父で、そのあとは九鬼と陽介が恭の手を取り足を取り生きることの楽しさを思い出させてくれた。

やっと自ら閉じていた扉を開くことができた。とてつもなく重いと思っていた扉は、意外にも軽かった。それは、きっと九鬼と陽介が扉の向こうから取っ手を引いてくれたから。

日本を発つ直前まで叔父が案じていた恭のトラウマも、ようやく過去のものとなったような気がする。

今度スリランカから戻ってきたときには、以前よりは前向きに生きている恭を見てきっと叔父も喜んでくれるだろう。


昼下がりの病院のロビーは外来患者と面会の人々で溢《あふ》れかえっていた。

そんな中、蘭で作ったブーケを着替えの入った紙袋に押し込んで持つ恭と、見舞いだというのにシャンパンのボトルとグラスを両手に持った陽介がエレベーターに向かう。

九鬼が入院している部屋は九階の九〇一号室。フロアのナースステーションのまん前で、四人部屋の入り口を入ったすぐそばだ。

九鬼のこめかみは切り傷だけで四針縫っただけですんだ。また右肩の拳銃による傷も、幸いなことに筋肉の下の神経や筋を傷つけることなく、弾は皮膚だけを裂いて通り抜けていた。

本当に不幸中の幸いだったと思う。弾のあたりどころが悪ければ、一生右腕を上げることもできないままになるところだったのだ。

というわけで、命に別状がない患者の九鬼は、最初は同じフロアでも一番端の部屋の窓際に寝かされていた。ところが、二日もしないうちに素行に問題ありとして、看護師の一番目の届きやすい場所に移動されてしまったのだ。

「どうでもいいですけど、そのシャンパンを病室で開けるのはやめてくださいね」

エレベーターを待ちながら恭が釘を刺しておく。すると、陽介は不満そうに頬を膨らませる。

いい大人が何を子どもみたいなリアクションをしているんだと突っ込みたいが、そんなことをしたら陽介は嬉しそうに恭に絡んでくるのは目に見えているのでとりあえず無視だ。

エレベーターのドアの上の階数表示を見れば、上層階で長らく止まっている。車椅子や移動式ベッドでの乗り降りが当たり前の病院ではこういうこともよくあるから、気長に待つしかない。

そのとき、恭の斜め後ろからいきなり声がかかる。

「青山……？　青山じゃないのか？」

その声に振り返った恭はその場で体を硬くして、驚愕《きょうがく》のあまり目を見開いた。

（なんで……？）

心の中で呟きながら、恭は手にしていた荷物をその場に落としそうになっていた。

自分の目の前に立っているのは、過去に壮絶な別れ方をした榊原だった。

こんな場所で会うとは思ってもいなかった。けれど、彼が医者であるかぎり病院で再会するということは、さほど不自然なことではないのかもしれない。

榊原はここで勤務しているのではないらしく、スーツ姿でアタッシェを携えた格好だった。

「久しぶりだな」

そう言いながらこちらに向かってくる元恋人の姿に、恭は強い緊張を覚えわずかに陽介へと体を寄せた。

あれから六年ほど過ぎているが、年齢を重ねてそれなりの落ち着きは身につけているものの、かもし出す雰囲気はあの頃とまるで変わっていない。

「病院で会うなんて奇遇だな。どこか具合でも悪いのか？」

奇遇というより皮肉だと言いたい。

「知人の見舞いですよ」

「そうか……」

榊原が一言呟いたあと、しばし沈黙が続いた。そのとき、隣にいた陽介が恭の肩に手を回し、ぎゅっと力を込めた。その強さに励まされたように恭がたずねる。

「心臓外科医になったという噂は聞いていますが、こちらの病院に勤めているわけじゃないですよね?」

ゆくゆくは妻の父親のところだろうが、今はまだどこかで勤務医をしているはずだ。

「ああ、都内の大学病院にいる。担当している心臓病患者に若年性のパーキンソンの疑いがあって、ここの専門医の大森《おおもり》教授に薬物治療に関する意見を伺いにきたんだ。覚えているか、医大のとき何度か実習を担当してくれたあの大森教授だ」

そんなこともあったなと恭が遠い目をすれば、榊原は少しばかり気まずそうに俯《うつむ》く。

その間にエレベーターが一階に着いたが、恭と陽介は乗り込むことなく、他の人達が乗り込んだところでドアが閉められた。

「あの、今はどうしているんだ?」

遠慮気味にたずねる榊原に、恭は前髪を少し横に払いながら答える。

「叔父から整体院を譲り受けて、そこで整体師の仕事をやってますよ」

「そうか。やっぱり医者の道は諦めたのか。あんなに優秀だったのに……」

こうなってしまったのはすべて榊原の責任だとは言わないが、彼の口からそんなことを言われても恭にしてみれば苦笑すら漏れない。

「この視力で細かい指先の作業を長時間続けるには、かなり厳しいものがあるんでね。それに、俺は脳外科以外は興味もありませんでしたから」

望む道に進めないなら、医師になっても意味はなかった。

恭の言葉に黙って頷いた榊原が、チラッと隣に立つ陽介に視線をやるのがわかった。

「彼は……？」

「友人ですよ」

恭が答えると、陽介は恭の肩に回した手をぐっと引き寄せ付け足すように言う。

「ごくごく親しい友人だ」

何をよけいなことをと隣を睨むが、陽介はそれでも不満気そうで、本当なら「恋人だ」と宣言したいのだろう。

だが、そんな二人の様子を見て榊原は大方のところを察したようだ。

「俺が言うのもどうかと思うが、恭が誠実な男と一緒にいてくれればいいと思っているよ」

誠実でなかった男から言われて、恭は肩を竦めてみせる。そして、こんなろくでもない男に夢中になっていたのは過去の愚かな自分だ。

「誠実ですよ。彼も、上の病室で退屈している男もね」

それだけははっきりと言える。不思議な縁でいつも自分のそばにいてくれる温かい男達だ。そう思ったとき、恭は目の前にいる過去の男との思い出と今度こそ決別できると確信した。

榊原と別れて陽介と二人でエレベーターに乗り込むと、九階まで上がる間たまたま他の人が乗り込んでくることはなかった。すると、陽介はシャンパンボトルを肩にかつぎながら恭に言う。

「なぁ、さっきのが過去の男だろ？　本当にやっちまわなくていいのか？　そりゃ、殺したらマズいだろうけど、半殺しくらいならどうよ。たとえば、手足を折って樹海にそっと置いてくるとか、身包《みぐる》みはいで救命ボートに乗せて太平洋に浮かべてくるとか、なんならウィステリアに呼んで俺がさばいたフグの刺身をご馳走してやるか。もちろん、肝入りな。それなら結構友好的だろ」

半ば本気で言っているからいやになる。

「そっと置いても、浮かべても、ご馳走しても、確実に死にますよ」

第三者が聞いたらコントに聞こえるかもしれないが、陽介との会話はいつもこんな感じだ。

正直疲れているときは勘弁してほしい。

二人してナースステーションのカウンターにある面会者用のノートに記帳をして、九鬼の病室に向かった。

部屋に入ると、四人部屋の手前の一角だけがカーテンで仕切られていて、中から奇妙な声が聞こえてくる。

「ダメですよ。九鬼さん、おとなしくしていないと、傷が開くじゃないですか」

照れたような若い男の声がして、すぐに九鬼のふざけた言葉が耳に届く。

「じゃ、おとなしくしてるから、そのまま上に乗っかってくれよ。このままだと乾いちまって、マジでひからびる」

「だったら、そのままひからびてしまえばいいじゃないですか」

そう言いながらカーテンを開けたのは恭だった。

見ればベッドの上で仰臥《ぎょうが》していた九鬼は、まだ研修中の札をつけた若い男性の看護師の腰に手を伸ばして自分の近くへ引き寄せようとしていた。

恭の乱入を見て慌てた九鬼だが、若い看護師も真っ赤になって包帯やガーゼなどをのせたプラスチックトレイを手にその場を駆け出していった。

「俺は誠実だけど、どうやらもう一人はそうでもないぞ。こんな奴には早々に見切りをつけてしまえ」

　すぐあとから入ってきた陽介も呆れたように言うと、九鬼は珍しく動揺しながら首と手を一緒に横に振る。

「違うぞ。誤解だ。あんまり退屈なんで、からかって遊んでただけだ。ほら、今の看護師、少しだけ恭に似てただろ。恭が二十歳前後の頃はこんな感じだったのかなぁとか思うと、ちょっとムラムラと……」

　必死で弁明している九鬼の腹の上に持ってきた荷物を叩きつけるようにのせると、恭はこれ以上ないほど冷ややかな笑顔でもって言う。

「九鬼さんの怪我《けが》が治ったら、今度は薬抜きでいいことをしようかと思っていましたけど、たった今きっぱりと気が変わりましたよ」

「あっ、いや、だからな、落ち着いて俺の話を聞けってば」

　聞いても無駄だ。弁解をしながら墓穴を掘る人間なんて、いよいよどうしようもない。

「残念だったな、このスケベオヤジ。でも、俺はラリってる恭とやりたいね。例のビデオを見たけど、相手が九鬼の旦那ってのがいただけないが内容はすげぇハードでよかったし、もうこんとところ毎晩のおかずっていうか……」

　陽介のなにげない言葉に恭が目尻を吊り上げる。

「なんでまだビデオを持っているんですかっ。それに、絶対に見ないで始末するって約束したじゃないですかっ」

「いやいや、あれはもう家宝だから。そのうち九鬼の旦那の顔のところだけモザイクかけて、墓まで持っていくつもりなんで、外部に漏れることはないから安心してくれていいぞ」

冗談じゃない。これ以上なく心配だ。こんな男だとは思っていたけれど、やっぱり思ったとおりの男だったと歯噛みをしていれば、ベッドの上の九鬼がニヤニヤと笑って言う。

「ほらな、ヤクザもんが誠実なわけがない。だいたいこいつらが誠実なら、世の中に警察なんぞいらないいんだよ」

そんな九鬼を強く睨みつけつつ、陽介に向かって中指を立ててやる。

ついさっき過去の男に、「彼らは誠実だ」と言った自分の立場はどうなるのだろう。

あからさまに溜息をついてみせながら、それでも恭の心は笑っている。何年もの間本気で笑うことなど忘れていた心が、今確かに楽しいと思っているのだ。

この晴れやかな気持ちは誰にも伝えなくていい。自分だけが知っている自分自身の変化を楽しみながら、これからの日々を生きていければいいと思っていた。

あとがき

キャラ文庫では初めてお目にかかります。水原《みずはら》とほると申します。

大人の男が三人でハードに絡み合っております、「青の疑惑」楽しんでいただけましたでしょうか。

今回の作品について、まだ本編を読まれていない方にも差し障りのない程度に紹介させていただきますと、ズバリＳＭやってます。

過去作品の中でも比較的ドＭキャラの登場率が高いほうなのですが、これまでのように無自覚のドＭとか、気がついたらドＭにされていたというのではなく、今作品の主人公は筋金入りのドＭキャラです。

なので、こちらも書きながら「うわっ、痛そう。ごめんね」などと遠慮する必要もなく、その点については楽といえば楽でした。ところが、あまりにも筋金入りすぎて、「わたし程度の想像力で、温い責め方をしてしまってすみません」と反対の意味で謝りたい気持ちになってしまいました。

ＳＭもまた大変奥の深い世界なのだとあらためて思い知った次第で、日々研究するのみですね。

挿絵は彩《あや》先生に入れていただきました。どの絵も素晴らしすぎて、著者校正の際は繰り返し眺めてはうっとりと溜息を漏らしておりました。イメージどおりの三人を描いてくださって、心の底から感謝の気持ちでいっぱいです。

さて、諸事情により同人活動やサイト運営を行っていない水原ですが、キャラ文庫さんからの第一弾ということで、今作品について何かご意見、感想などうかがえればとても嬉しいです。

手紙なんて面倒という場合は、t_mizuhara@hotmail.co.jpまで一行メールでもいただけるととても励みになると思います。もし気が向いたときは、どうぞよろしくお願いいたします。

ところで、上記アドレスはここ二、三年ほど使っているものですが、先日ちょっとした手違いで過去データを全部失ってしまいました。

もし今年の十月中にメールをいただいた方がいらして、お返事がいっていないようでしたら大変申し訳ありません。

最後はご連絡のようになってしまいましたが、これからも引き続きキャラ文庫さんで皆さんにお目にかかれますように……。

二〇〇七年　十月　　水原とほる

この本を読んでのご意見、ご感想を編集部までお寄せください。

《あて先》〒105−8055　東京都港区芝大門2−2−1　徳間書店　キャラ編集部気付
「青の疑惑」係

■初出一覧
青の疑惑……書き下ろし

Chara
青の疑惑

2007年11月30日　初刷

著者　水原とほる
発行者　吉田勝彦
発行所　株式会社徳間書店
〒105-8055　東京都港区芝大門2-2-1
電話048-451-5960(販売部)
03-5403-4348(編集部)
振替00140-0-44392

印刷　図書印刷株式会社
製本　株式会社宮本製本所
カバー・口絵　近代美術株式会社
デザイン　海老原秀幸

ISBN978-4-19-900463-6

キャラ文庫

投稿イラスト★大募集

キャラ文庫を読んで、イメージが浮かんだシーンをイラストにしてお送り下さい。キャラ文庫、『Chara』『Chara Selection』『小説Chara』などで活躍してみませんか？

•応募きまり•

[応募資格]

応募資格はいっさい問いません。マンガ家＆イラストレーターとしてデビューしている方でもOKです。

[枚数／内容]

①イラストの対象となる小説は『キャラ文庫』か『Chara、Chara Selection、小説Charaにこれまで掲載された小説』に限ります。
②カラーイラスト１点、モノクロイラスト３点の合計４点。カラーは作品全体のイメージを。モノクロは背景やキャラクターの動きの分かるシーンを選ぶこと（裏にそのシーンのページ数を明記）。
③用紙サイズはＡ４以内。使用画材は自由。

[注意]

①カラーイラストの裏に、次の内容を明記して下さい。
（小説タイトル、投稿日、ペンネーム、本名、住所、電話番号、職業・学校名、年齢、投稿・受賞歴、返却の要・不要）
②原稿返却希望の方は、切手を貼った返却用封筒を同封して下さい。封筒のない原稿は編集部で処分します。返却は応募から１ヶ月前後。
③締め切りは特別に定めません。採用の方にのみ、編集部から連絡させていただきます。また、有望な方には編集部から講評をお送りします。選考結果の電話でのお問い合わせはご遠慮下さい。
④ご記入いただいた個人情報は、当企画の目的以外での利用はいたしません。

[あて先]

〒105-8055 東京都港区芝大門2-2-1
徳間書店 Chara編集部 投稿イラスト係